BIOGRAFIA DI CARLO GUGLIELMO SCHEELE

Icilio Guareschi

Mentre negli altri paesi si è scritto molto intorno alla vita ed alle opere di Carlo Guglielmo Scheele, si sono compilate delle biografie e fatte delle conferenze o lezioni speciali, si sono tradotte tutte o in parte le sue opere, e tutti gli storici della chimica ne discorrono più o meno ampiamente, in Italia si è scritto ben poco o nulla su questo grande scienziato svedese, che fu uno dei fondatori della chimica scientifica. Egli è per ciò che credo mio dovere dire di questo chimico un po' più ampiamente, in questa Enciclopedia, di quanto io non abbia fatto per gli altri chimici, facendo specialmente notare la sua modestissima vita e le sue opere scientifiche, veramente originali e importantissime.

Confido che questo mio scritto riempia veramente, come suol dirsi, una lacuna, perché questo è il lavoro più ampio pubblicato su Scheele in Italia; per quanto io stesso riconosca essere ancora molto imperfetto.

Scheele, con Priestley e Lavoisier, costituisce la grande triade dei maggiori chimici nella seconda metà del secolo XVIII. In questo periodo l'alchimia è quasi scomparsa; per opera specialmente di questi tre grandi la chimica posa su base veramente scientifica. Priestley scopre i principali gas: ossigeno, biossido e protossido di azoto, ammoniaca, ossido di carbonio, acido cloridrico, gas solforoso, ecc., trova una grande quantità di fatti nuovi, scopre le relazioni tra la vita delle piante e la vita degli animali, ma muore ancora seguace del flogisto. Scheele scopre l'ossigeno, come Priestley, scopre il gas cloro, l'idrogeno solforato, l'idrogeno arsenicale, i principali acidi organici vegetali e d'origine animale, la glicerina, l'acido cianidrico, e una quantità enorme di altri corpi nuovi, pubblica quel gioiello di libriccino che è il suo Trattato dell'aria e del fuoco; ma, anche egli muore seguace del flogisto. Lavoisier invece non scopre nessun corpo nuovo, ma è il vero legislatore della chimica; egli utilizza il materiale scoperto dagli altri. L'influenza che ha avuto l'opera di Priestley e di Scheele, e specialmente di quest'ultimo, sulla mente di Lavoisier è grandissima; tutto considerato, è presumibile che se lo Scheele (morto a soli 43 anni) fosse vissuto avrebbe adottato le idee di Lavoisier. La grande chiarezza colla quale egli descrive le sue fondamentali scoperte, il modo esatto e logico col quale chiaramente interpreta le reazioni che studia, la chiarezza con cui espone le sue idee, rende molto probabile la ammissione che Scheele avrebbe abbandonato la teoria del flogisto. Era uno sperimentatore, un analista, troppo moderno per supporre il contrario.

Quest'uomo è degno della più grande ammirazione, perché egli deve tutto a sè stesso, al solo desiderio di scoprire il vero, al solo scopo di soddisfare il suo amore al lavoro; egli mai ha agito per ambizione, nè per avidità del danaro, nè per conseguire ciò che dicesi gloria. Forse a quest'ultima pensava... perchè questo sentimento è troppo strettamente legato alla intellettualità della natura umana. Grandi scoperte egli ha fatto con minimi mezzi ed in tutte le branche della chimica. Egli fu perseverante nel lavoro scientifico sino a non temere la miseria.

Per la modestia, pel lavoro fatto unicamente a scopo scientifico, e per le conseguenze di questo, si può confrontare con Avogadro; per quanto il primo fosse uno sperimentatore ed il secondo un teorico. Egli mai ha avuto l'avidità di predominio sui chimici suoi contemporanei.

Si potrebbe dire di Scheele ciò che fu detto recentemente di Curie; l'alta idea che egli aveva della pubblicazione scientifica, ed il suo assoluto disinteresse, hanno fatto sì che egli scrivesse poco. Questa parsimonia nello scrivere, nel pubblicare, è un esempio lodevolissimo.

Scheele, come chimico, nel secolo XVIII non può essere comparato che a Priestley ed a Lavoisier; ma per il numero e l'importanza dei nuovi corpi e dei nuovi fatti scoperti supera tutti. E giustamente il naturalista svedese Nordenskjöld, discorrendo delle numerose ed importanti lettere dello Scheele, scrive:

«Queste lettere ed è ciò che apprezzo maggiormente lasciano scorgere il lavorìo del pensiero in quest'uomo di genio, dalla tempra così originale, che, pel numero e per l'importanza delle sue scoperte, non ha eguali fra gli sperimentatori di ogni tempo e di ogni paese ».

È da lungo tempo che io pensavo di scrivere intorno a Scheele. Ne sento tanto più il dovere come italiano perchè, come dissi, in Italia quasi nulla si è scritto su questo chimico e quel poco che abbiamo è stato tolto da biografie o Trattati francesi scritti in tempi in cui mancavano molte notizie che oggi conosciamo, grazie alla pubblicazione di molte lettere ed altri documenti inediti.

L'Accademia delle Scienze di Torino è stata la prima delle grandi Accademie, dopo quella di Stockholm, ad ammettere Scheele come suo socio. Negli Atti e

Memorie dell'Accademia di Torino non si trova nessun cenno biografico di Scheele.

Si dirà che io non posso dir nulla di nuovo intorno a questo chimico, perchè la sua opera scientifica è conosciuta: è vero in gran parte; ma credo utile scriverne perchè so anche come non tutti abbiano idee esatte sulla opera scientifica di Scheele.

Rievocare di tanto in tanto la memoria di questi uomini grandi, buoni, onesti, così silenziosi nel loro lavoro intellettuale, è di conforto, di nobilissimo esempio, in questi giorni dove il ciarlatanismo e l'utilitarismo imperano e dove tutti vogliono dallo Stato ricchezze ed onori. Egli non ha mai chiesto nulla!

Tanto più necessario credo sia il diffondere idee esatte sugli studi dei grandi chimici quando vediamo che non pochi cultori di altre scienze ne conoscono ben poco. Non abbiamo da poco tempo visto, ad esempio, essere il Rouelle messo fra i geni e denominato il fondatore della chimica in Francia? Mentre tutti i chimici sanno che, in fondo in fondo, il Rouelle non era che un ciarlatano o meglio un pazzo che ben poco o nulla ha lasciato nella scienza? Uomo di vero genio era Lavoisier come riformatore e legislatore della nostra scienza, genio vero era Scheele come grande sperimentatore e scopritore di corpi e di fatti nuovi, genio vero era Priestley come fisico, chimico, filantropo e filosofo.

Si è detto, ed è vero sino ad un certo punto, che Scheele non era un chimico eminentemente teorico; era più esperimentatore. E che vuol dire ciò? Vie diverse possono condurre a risultati egualmente grandi, come già dissi in un discorso su Marcelin Berthelot, il quale non ammetteva la teoria atomica; i grandi geni hanno le proprie teorie, più o meno perfette, più o meno generali, poco importa. Scheele aveva il vero intuito chimico, il vero criterio, il vero senso della chimica; e questo è tutto.

La fama di questo chimico va sempre più ingrandendo perché egli ha fatto numerose e importanti scoperte che interessano anche i problemi moderni; i suoi lavori sono fatti con una esattezza non mai superata. Leggendo le sue opere vi si trova sempre qualche cosa di nuovo. Forse in un altro lavoro, più esteso, riprodurrò alcune delle sue principalissime Memorie e darò la bibliografia completa di quanto egli ha pubblicato e delle ricerche inedite.

CARLO GUGLIELMO SCHEELE nacque il 9 dicembre 1742 a Stralsund, in Isvezia, città della Pomerania svedese, ora prussiana; morì a Köping il 26 maggio 1786, cioè a soli 43 anni. Suo padre, Christian Scheele, era un modesto mercante e la madre chiamavasi Margarita Eleonora Warnekross. Guglielmo era il settimo di undici figli. Frequentò prima il ginnasio del proprio paese ma profittò poco delle lingue classiche antiche. Conosceva bene il tedesco e benchè abbia sempre vissuto in Svezia scrisse quasi tutte le sue Memorie in tedesco. I maestri lo tennero per un dappoco; ma dimostrò molto presto una spiccata tendenza per le scienze sperimentali esatte, e dietro consiglio di suo padre s'avviò alla carriera farmaceutica.

A quei tempi la carriera farmaceutica in Svezia era molto lenta; dopo sei anni di pratica si aveva ancora appena il titolo di commesso o garzone e quello di aiuto o assistente solamente più tardi. Fatti i suoi studi nel Gymnasium di Stralsund, fu mandato all'età di 14 anni presso il farmacista Bauch a Göteborg (17571765). In quella farmacia era un abbondante materiale di droghe e di prodotti chimici e Scheele potè studiare. Leggeva tutti i libri che gli capitavano fra mano.

In questo tempo il farmacista doveva non solamente acquistare ed esaminare le droghe, ma doveva preparare tutti i medicamenti allo stato di purezza mediante le materie prime impure. Esiste ancora un catalogo delle droghe che adoprava il Bauch; alcune preparazioni ricordano ancora i medicamenti descritti nei libri di Lémery ed anche più antichi, quali l'«unguento di vipera», il «cervello umano preparato senza calore», ecc. Insieme a questi preparati vi erano molti sali metallici, gli acidi comuni, il solfo, il fosforo, il quarzo e molti minerali, oltre alla canfora, i fiori di benzoino (acido benzoico), i fiori di succino (acido succinico), ecc. Scheele potè studiare tutto questo materiale. Inoltre il Bauch aveva una discreta biblioteca che conteneva anche le opere di Boerhaave e di Lémery. Scheele studiava molto questi libri e il Bauch, scrivendo al padre di Scheele, esprimeva il timore che questo eccessivo amore allo studio e le ricerche sperimentali potessero nuocere alla salute di un giovane quale era lo Scheele, in pieno accrescimento.

«Nella sua gioventù (scrive Wurtz) lo Scheele apprese la farmacia a Gothenburg e l'ha esercitata per 23 anni in diverse città, prima come aiutante o commesso, poi come padrone, ma sempre in una situazione più che modesta» (Introd. à l'étude de la Chimie, pag. 39).

Ai tempi di Scheele, e ancora molti anni dopo, la professione della farmacia conduceva essenzialmente allo studio della chimica e delle scienze naturali in genere. Sono infatti stati in origine farmacisti non solamente Lémery, Bayen, Scheele, Vauquelin, Dumas, Balard, Liebig, Pelouze, Caventou, Piria, Malaguti, Selmi, Buchner, Wiuckler, Berthelot, Moissan e tanti altri chimici, ma anche Œrstedt, Poggendorff, Wilhelmy, ecc.

«Si, comme Scheele (scrive Ostwald), Berzelius avait été forcé de faire ses recherches dans une pharmacie de village et d'y compromettre de bonne heure sa santé, il n'aurait pu produire autant, et la Suède n'aurait pas eu en Europe la situation scientifique qu'elle atteignit».

Questo è vero sino ad un certo punto, ma anche Berzelius ha lavorato e prodotto immensamente con mezzi modestissimi, come era possibile fare in quel tempo.

Essendo stata nel 1765 venduta la farmacia ove praticava lo Scheele, questi andò a Malmöe presso il farmacista Kjellström e fu in questo periodo (17651768) che potè meglio studiare la chimica. Kjellström, a cui piaceva molto la chimica sperimentale, dimostrò grande simpatia per Scheele, il quale tanto amava la sua scienza che spendeva la maggior parte del suo stipendio nell'acquisto di libri e di oggetti scientifici. Il Kjellström conobbe in Scheele uno studioso che dimostrava un'applicazione e delle disposizioni straordinarie; egli dice che Scheele aveva l'abitudine di tutto criticare quanto leggeva e che spesso diceva: «ciò è possibile», oppure «ciò è falso» od anche «io studierò ed esaminerò questa questione».

Egli aveva l'abitudine di ripetere tutte le esperienze che trovava descritte nei libri di chimica che studiava, e così arricchì la sua mente di molte cognizioni pratiche ed ebbe occasione di correggere molti errori.

«Io ho l'abitudine (scriveva) di non credere a nessuna asserzione di chimica prima di averla verificata con saggi ed esperimenti miei personali».

In questo tempo strinse amicizia con A. I. Retzius, professore di Scienze naturali, Economia e Chimica nell'Università di Stockholm.

Scheele aveva, dicesi, una memoria straordinaria; egli non dimenticava nulla di quanto aveva letto riguardo i suoi studi prediletti. Fu a Malmöe che egli studiò il sale di acetosella e scoprì l'acido ossalico. Il lavoro sull'acido ossalico e quello sull'acido tartarico furono da lui mandati a Bergman perchè li presentasse all'Accademia delle Scienze di Stockholm, ma Bergman dichiarò al Retzius che in queste Memorie non vi era nulla di nuovo. Allora Retzius ripetè le esperienze di Scheele e nel 1770 presentò all'Accademia la Memoria sul tartaro e l'acido che contiene, ove appunto dichiara che fu Scheele lo scopritore del nuovo acido del tartaro.

Fu in questo periodo che da sè potè imparare la chimica. I libri che egli preferiva e di continuo studiava erano: Prælectiones Chemie di Caspar Neumann, Cours de chymie di Lémery, Elem. Chemiae di Boerhaave, Laboratorium Chymicum di Löwenstern, Laboratoriunm Chymicum di Kunckel; ma specialmente il primo e l'ultimo.

Nel 1768, cioè a 2526 anni, andò a Stockholm ove stette due anni presso la farmacia all'insegna «Korpen» e là conobbe (1770) Scharenberg, Bäck, Schültzenlneim, Bergius e I. G. Gahn. Quest'ultimo gli fece fare la conoscenza di suo fratello G. Gahn, chimico e mineralogista a Upsala, col quale poi tenne lunga corrispondenza. A Stockholm i suoi doveri professionali, più esigenti di prima, diminuirono il tempo ch'egli poteva dedicare allo studio ed alla esperimentazione. Fu a Stockholm che scoprì l'acido fluoridrico. Ma nel 1770 decise di andare a Upsala, che era allora la più importante Università svedese, ove insegnavano: Bergman la chimica e Linneo la botanica. Scheele trovò un posto presso il farmacista Lokk. Ad Upsala egli potè lavorare molto e si mise in stretta relazione con Bergman, già illustre per molte ricerche; conobbe pure il Linneo, che morì poi nel 1778.

Fu ad Upsala che Scheele scrisse la sua grande opera: Trattato dell'aria e del fuoco, che scoprì il cloro, che fece le sue ricerche sul manganese, sull'arsenico, sulla barite, ecc.

Era tanto l'ascendente di Bergman, sostenitore tenace e illustre della teoria del flogisto, che il suo grande e giovane compatriota Scheele non seppe staccarsene benchè colle sue numerose scoperte abbia contribuito a distruggere quella teoria.

I grandi genî mancano sempre di qualche cosa che per contrapposto è poi sviluppata in altri genî; in Scheele era meno predominante ciò che era potente in Lavoisier, cioè la facoltà di generalizzare, la facoltà di risalire dai fatti alle grandi leggi generali. Come scopritore di fatti nuovi, come analizzatore, come sperimentatore, Scheele era insuperabile; ma, come già dissi, egli morì seguace del flogisto!

Nel 1775 andò a Köping, ove si stabilì definitivamente. Appena arrivato colà dovette pensare alle faccende della farmacia e all'amministrazione di essa; egli dovette provvedersi i mezzi di sussistenza anche per l'avvenire, mentre prima ben poco vi aveva pensato. Benchè forzatamente preoccupato in questioni materiali della vita, egli non abbandonava i suoi studî e ad un suo amico in questi critici momenti (1775) scriveva: «Credete voi forse che le cure materiali mi distolgano dagli studî e mi facciano abbandonare la chimica sperimentale? Niente affatto. Questa nobile scienza è il mio ideale. Abbiate pazienza, e bentosto voi avrete altre notizie». E alla fine di ottobre del 1776 era pronto il manoscritto del suo celebre libro: Trattato dell'aria e del fuoco!

Dopo più di sei mesi dacchè era a Köping, molti concorrenti volevano l'officina che era stata affidata alla sua amministrazione, perchè non ne era ancora proprietario. Egli scriveva ad un amico nel 1776:

«Io sono profondamente rattristato perché io temo di riuscir bene in questo luogo. A mia insaputa un contratto è stato concluso riguardo la farmacia. Bisogna dunque assolutamente avere della fortuna in questo mondo, se si vuol ottenere il pane quotidiano!!».

Egli era quasi disposto a far ritorno ad Upsala, presso Bergman, quando il Municipio di Köping, che apprezzava assai l'onore che ne ricadeva sul paese colla presenza di un uomo come Scheele, dichiarò, d'accordo colla Magistratura e col Governatore della Provincia, che non voleva altri farmacisti se non Scheele, ed a lui accordò il privilegio di impiantare una nuova farmacia. Allora egli riuscì a concludere un contratto colla farmacia antica, si incaricò, come proprietario, di pagare i debiti e di mantenere la vedova del farmacista Pohl. Da allora tutto andò bene, e col lavoro riuscì a soddisfare i debitori e a procacciarsi una discreta agiatezza. La figura 1 rappresenta la casa colla farmacia di Scheele a Köping.

Egli dunque, dopo partito dalla casa paterna, abitò successivamente: presso Bauch a Göteborg (17571765), presso Kjellström a Malmöe (17651768), nella farmacia «Korpen» a Stockholm (17681770), presso Lokk in Upsala (17701775) e finalmente a Köping (17751786). A Köpiug fece un gran numero di ricerche scientifiche.

Ma purtroppo questa sua vita tranquilla e felice non doveva durare a lungo. Nel febbraio 1786, poco dopo che ebbe inviata all'Accademia delle Scienze di Stockholm la sua Memoria sull'acido gallico e dopo che ebbe scritto la Memoria intorno all'azione della luce sull'acido nitrico (1786), fu colpito da malattia terribile, la tisi, che lo condusse alla tomba il 26 maggio 1786. Due giorni prima di morire volle mandare ad effetto il suo matrimonio, già da tempo progettato, colla vedova (Sara Margaretha Pohl) del suo predecessore, affinchè potesse essere l'erede legale di quanto egli possedeva. Il Clève nella sua biografia di Scheele afferma che il sommo chimico fu seppellito nel cimitero di Köping, ma che è incerto il luogo preciso della sua tomba.

«La sua grande scienza, scrive sir W. Ramsay, la sua straordinaria abilità sperimentale e la sua grande potenza intellettuale lo pongono al primo rango degli scienziati del suo tempo».

Scheele apparteneva al culto luterano; era credente ma non fanatico; egli vedeva nella religione riformata un qualche cosa di meglio che non l'antico cattolicesimo corrotto del secolo XVI. Faceva il bene per il bene, per affetto umanitario, per dovere di fratellanza umana. In tutta la vita modesta di quest'uomo spira un'aura di bontà che spinge ad ammirarlo.

Il pastore Ahlström afferma che lo Scheele era cristiano nel vero senso della parola e «qu'il s'efforçait plus de l'etre que de le paraître» (Clève).

Scheele amava la scienza per la scienza; era modestissimo ed ebbe il coraggio di vivere nell'oscurità, solitario.

Egli, se non era povero, non era nemmeno ricco e fu quindi obbligato di destinare una parte della sua attività intellettuale a lavori giornalieri, non lievi, per vivere.

Taluni biografi, osserva il Nordenskjöld, cercarono inutilmente di elevare la grandezza di Scheele circondandone la vita di un'aureola di povertà. Ciò non è esatto. Economo, alla sua morte possedeva, come lo prova l'inventario, non solo la farmacia non gravata di debiti, ma ancora una casa ed una modesta fortuna, e nelle sue lettere non si lagna mai d'imbarazzi pecuniari, nè, di mancanza di mezzi per compiere le sue esperienze; esperienze tuttavia, che, a vero dire, non richiedevano mai grandi spese. Egli non conosceva cosa fosse intrigo, non aveva nessuna avidità di potere o di primeggiare, mai intralciò i suoi interessi privati colla scienza.

A testimonianza della modestia di Scheele si può ricordare un brano di lettera che scriveva ad un suo amico, poco dopo essere stato nominato socio dell'Accademia delle Scienze di Torino:

«Io credo veramente che mi si consideri per uno dei più grandi chimici del nostro tempo ed io dovrei esserne fiero. Se si continua così corro il pericolo di credermi in possesso di tanta esperienza e di tanto sapere quanto un Macquer od un Bergman. A dire però la mia opinione vera, questi uomini di merito hanno più di sapere nelle loro dita che non io in tutta la mia testa». (Clève, loc. cit., p. 773)

«D'après ses lettres et d'après le jugement de ses contemporains, Scheele nous apparait comme un homme digne et aimable, singulièrement dépourvu de vanité et d'egoïsme» (sir W. Ramsay, Les gaz de l'atmosphère, 1898, pag. 69).

Si è detto che Scheele era sconosciuto ai suoi contemporanei e che è morto molto povero. Ciò non è vero. Alcuni aneddoti divulgati da chimici illustri hanno mascherato sino ad ora la verità. Certo non ha ricevuto gli onori che avrebbe meritato, ma in gran parte ciò era dovuto allo Scheele stesso, il quale faceva di tutto, si può dire, per stare nascosto.

Si racconta che il re di Svezia, viaggiando in Italia nel 1780, ebbe occasione di assistere ad una seduta della Accademia delle Scienze di Torino, nella quale Scheele fu eletto socio straniero; egli udì gli elogi grandissimi che si facevano a questo suddito ch'egli non conosceva nemmeno di nome, sentì che lo Scheele era tenuto come un uomo straordinario ed allora per mezzo del suo ministro volle conferire a lui un grado di nobiltà e lo nominò cavaliere. Ma il ministro, che conosceva ancor meno Scheele, eseguendo l'ordine del re, nominò cavaliere un altro Scheele qualunque. Questo aneddoto, che è raccontato ed è tenuto per verissimo dal Dumas nelle sue Leçons de philosophie chimique, non è vero

Il Nordenskjöld ha dimostrato in modo evidente che Scheele era conosciuto nel proprio paese, che era membro dell'Accademia di Stockholm sino dal 1775 e che dal re di Svezia aveva una pensione di 400 corone (o talleri?).

Del resto già nel 1788, quando Vicqd'Azur scriveva l'elogio di Scheele, si sapeva della pensione ottenuta dal re: «En 1775: il communique cette année à l'Académie ses remarques sur le sel du benjoin et sur l'acide arsénical. M. Bergman, président de cette Compagnie en 1777, lui obtint, à cette époque, une pension annuelle de 600 livres destinée à payer au moins en partie les frais de ses travaux».

Che l'aneddoto su riportato non sia vero risulta anche dalle mie indagini. Scheele fu eletto socio straniero della R. Accademia delle Scienze di Torino il 21 marzo 1784 e in seduta 25 aprile 1784 fu comunicata la lettera seguente: «S. M. si è degnata di gradire e di approvare la scelta fattasi a pieni voti della persona del sig. Carlo Guglielmo Scheele al posto di accademico straniero della R. Accademia delle Scienze». La visita del re di Svezia, che viaggiava col titolo di conte di Haga, all'Accademia, ebbe luogo il giorno 25 maggio 1784 (e non nel 1780 come scrive il Cap), cioè due mesi dopo che era stato nominato lo Scheele. Ma nei verbali di questa seduta io non trovai nessun cenno che il re di Svezia abbia parlato di Scheele. È questa l'unica Accademia italiana che si onorò di avere avuto suo socio lo Scheele.

Oggi sappiamo che Scheele sino dal 1777 godeva di una pensione concedutagli dal re di Svezia e perciò otto anni dopo questi non poteva ignorare chi era Scheele.

Che a Berlino però si ignorasse in quel tempo (verso il 1776) il nome di Scheele è fuori di dubbio; vi è una lettera di Lagrange a D'Alembert, in data Berlino, 25 marzo 1776, in cui si dice chiaramente che il re Federico voleva chiamare a Berlino un grande chimico svedese, ma di cui si ignorava il nome (Lagrange, Œuvres, t. XIII, pag. 314):

«M. Margraff est toujours dans le même état; sur ce qu'il avait prié le Roi de lui donner pour adjoint un jeune homme qui depuis environ six mois travaille dans son laboratoire sous sa direction, et dont il dit beaucoup de bien (ce que j'ignorais absolument lorsque je vous priai de vous intéresser dans cette affaire), Sa Majesté a répondu qu'il y avait en Suède un très grand chimiste et nous a ordonné de l'attirer ici; mais jusqu'à present on n'a rien fait, puisqu'on en ignore le nom; c'est peutêtre la raison pourquoi on n'a pas répondu à la proposition que vous aviez proposé un de vos compatriotes, et l'on voit à présent que Sa Majesté avait déjà quelqu'un en vue; de sorte que je crois qu'à la mort de M. Margraff la place sera donnée surlechamp, si même elle ne l'est pas plus tôt».

E il D'Alembert, in data Parigi, 26 aprile 1776, rispondeva (Ivi, pag. 317)

«C'est moi qui ai parlé à Sa Majesté du chimiste suédois dont votre Lettre fait mention. Ne trouvant point ici, comme vous le désiriez, de personnes qui pussent ou qui voulussent aller succéder à M. Margraff, j'ai appris qu'il y avait eu Suède (à Stockholm ou à Upsal) un très habile homme eu ce genre, nommé, si je ne me trompe, M. Scheele, et j'en ai parlé au Roi, mais sans aller plus loin; le Roi même ne m'a rien répondu à ce sujet. Vous ferez de cette confidence l'usage que vous jugerez convenable; et je ferai moimême à ce sujet ce que vous désirerez».

Ma badiamo, che questa corrispondenza tra Lagrange e D'Alembert è del 1776, quando cioè Scheele non aveva ancora pubblicato il suo libro: Dell'aria e del fuoco.

Scheele fu nominato membro dell'Accademia delle Scienze di Stockholm nel 1775, quando era ancora assistente farmacista, onore che migliorò assai la sua posizione sociale.

Nessuna meraviglia poi se egli, ancora vivente, era poco conosciuto dal gran pubblico; non vi era ancora la diffusione di giornali scientifici, come si ebbe alla fine del secolo XVIII, che facessero conoscere subito le ricerche di tutti i chimici.

Si noterà che già nel 1778 Scheele fu nominato membro della Società dei Naturalisti di Berlino.

Quali furono i sussidi che ebbe dal Governo svedese? Nessuno. Solo l'Accademia di Stockholm in seduta 12 novembre 1777, dietro proposta di Bergman, come fu detto più sopra, e presente il re Gustavo III, assegnò allo Scheele una pensione di 400 risdalleri all'anno per agevolargli le sue ricerche. Era assai poco, ma sufficiente ai bisogni del modesto grande uomo.

Questo fatto però ha una notevole importanza storica, perchè, insieme ad altri, serve a sfatare certi aneddoti, secondo i quali, questo re tanto geloso della gloria del proprio paese avrebbe ignorato perfino il nome del più illustre dei suoi sudditi dopo la morte di Linneo! Ed invero Scheele non era dimenticato dai migliori scienziati suoi contemporanei: era lui che voleva stare appartato, che voleva vivere e lavorare tranquillamente nella sua officina, lontano dai grandi centri. Quando egli era nei primi anni a Köping ebbe molte offerte che avrebbero migliorato la propria posizione: Bergman e Gahn lo volevano ad Upsala; Linneo, Scühlzenheim, Wargentin, Alströmer fecero di tutto per attrarlo a Stockholm e gli offrirono la farmacia d'Alingsas con facoltà di impiantarsi un laboratorio secondo i suoi bisogni, o anche come chemicus regius. Altri volevano dargli la direzione di una nuova e grande distilleria.

Rispetto alle relazioni personali fra Scheele e Bergman dirò che il modo col quale i due illustri chimici si strinsero in amicizia è raccontato in maniera diversa dai biografi. Il Dumas (Leçons de philosophie chimique, 1837, pag. 90), così racconta l'incontro fra Scheele e Bergman:

«Quoi qu'il en soit, Scheele quitta Stockholm et se rendit à Upsal, ou Bergman professait alors la chimie avec un si grand éclat. Cet homme célèbre remplissait alors l'Europe de son nom, et sa haute réputation était dignement méritée. Scheele avaitil l'intention de se mettre en rapport avec lui? C'est possible; mais soit timidité, soit humeur inquiète, il passa quelque temps à Upsal, sans tenter la moindre démarche, se montrant plus que jamais amis de la retraite et de la solitude. Ces deux hommes, si bien faits pour se connaître et s'apprécier, auraient donc pu rester longtemps séparés: un hasard heureux les rapprocha; c'est peutétre le seul dont Scheele ait eu à se féliciter.

«Il était employé par un pharmacien qui fournissait à Bergman les produits chimiques nécessaires à sestravaux. Celuici, ayant un jour besoin de salpêtre, en fait prendre chez ce pharmacien, l'emploie à l'usage auquel il le destinait et détermine la production d'abondantes vapeurs rouges formées, comme on sait, par l'acide hypoazotique, mais qui dans son opinion n'airaient pas dû se dégager dans les circonstances où le sel avait été placé. Bergman étonné s'en prend à quelque impureté du salpêtre. Il renvoie ce sel par un de ses élèves, qui ne manque pas une occasion si belle de rudoyer un peu le pauvre garçon apothicaire qui l'avait livré. Mais Scheele s'informe de ce qui s'est passé, se fait expliquer les détalis de l'espérience, et il en donne immédiatement l'explication. A peine celleci estelle rapportée à Bergman, qu'il accourt auprès de Scheele, l'interroge, et découvre, à sa grande surprise, à sa grand joie, sous l'humble tablier de l'élève en pharmacie, un chimiste profond et consommé; un chimiste de haute volée, à qui se sont déjà révélés nombre de faits inconnus; un chimiste qui, loin de s'en tenir aux détails de la pratique, lui développe, sur la composition de l'air et sur la théorie de la chaleur, les idées qui ont servi de base à un Traité de l'air et du feu, dans lequel il a dépassé Priestley et où il s'est quelquefois approchè de Lavoisier.

«La connaissance fut bientôt fait, et l'amitié de ces deux grands hommes ne s'est jamais démentie».

Si potrebbe quasi ammettere che Dumas abbia nel racconto di questo aneddoto utilizzato ed ampliato quanto scrisse il Vicq d'Azyr nel suo elogio di Bergman (Hist. De la Soc. Roy. de Medecine de Paris, ann. 17821783 e pubbl. nel 1787, pag. 181). Il Vicq d'Azyr scrive:

«M. Scheele occupoit le simple emploi de garçon chez un apothicaire d'Upsal; là, dans une obscurité profonde, il travailloit, il meditoit en silence. Déjà les observations les plus neuves et les plus importantes sur l'air, sur le feu et sur la terre pesante, avoient été le fruit de ses recherches; et cependant elles étoient, ainsi que son nom, ignorées de toute la terre. M. Bergman l'apprend, il y vole; il est frappé d'étonnement à la vue de ce phénomène: c'est un trésor, c'est un grand homme qu'il à trouvé; il s'en empare, il le montre à ses amis, à ses élèves, à l'Académie; il annonce, il célèbre scs travaux; c'est par lui que la renommée fait tout ce qu'ils valent, et M. Scheele luimême doit étre compté parmi ses découvertes».

In questo elogio il Vicq d'Azyr accenna a coloro che accusarono Bergman d'essersi appropriato alcuni lavori di Scheele e giustamente lo difende.

Il racconto del Dumas è stato poi riprodotto da quasi tutti gli storici della chimica.

L'aneddoto qui attribuito a Bergman è invece dal Cap (in Scheele, Étude biogr. in J. Pharm. Chim., 1863 [3], t. XLIII, pag. 309), attribuito a Gahn:

«L'assesseur Jean Gottlieb Gahn, depuis chimiste célèbre, alors étudiant à Upsal, s'occupait avec succès de chimie. Étant un jour chez M. Looke, celuici lui parla d'un fait qu'il avait récemment observé et dont il ne trouvait pas l'explication. Il dit qu'ayant versé du vinaigre sur du nitre, et ayant placé ce mélange sur un feu assez vif, il s'était dégagé de l'acide nitreux fumant. Gahn ne se rendit pas mieux compte du phénomène, et promit d'en parler à Bergman, lequel n'en trouva pas non plus l'explication. Gahn vint quelques jours après l'annoncer à Looke, et, en l'absence da maître, il s'adressa à un jeune homme qui lui dit que rien ne lui semblait plus facile que d'expliquer cette réaction. L'acide nitrique, lui ditil, comme l'acide vitriolique, peut exister dans deux états. Dans le premier, il a plus d'affinité pour la potasse que le vinaigre, mais dans le second, il en a une plus faible. La chaleur le fait passer du premier état au second, et, dans ce cas, il peut être décomposé par le vinaigre.

«Le jeune homme qui venait de donner cette lumineuse explication était Scheele. Dès lors Gahn se lia intimement avec lui, et ils se communiquérent réciproquement toutes leurs recherches. Lorsque Gahn proposa à son ami de le mettre en rapport avec Bergman, Scheele parla des premières relations qu'il avait eues avec ce savant et dont il avait gardé quelque ressentiment. C'était à Bergman qu'il avait adressé son premier travail sur l'acide tartrique, et le professeur le lui avait renvoyé, après quelque temps, sans l'avoir lu; mai Gahn l'assura qu'il ne pouvait y avoir eu de la part de Bergman que de l'indifférence, sans aucune iutention malveillante. Scheele se laissa convaincre, et fut présenté à l'illustre savant. Les deux chimistes se prirent bientôt l'un pour l'autre de la plus vive amitié, et devinrent pour ainsi dire inséparables. Cette amitié ne se démentit jamais. Bergman adopta toutes les opinions de Scheele, publia toutes ses découvertes, et obtint même en sa faveur une allocation de fonds pour l'aider à pour suivre ses récherches. Peu de mois après, Scheele lisait à l'Académie des Sciences un Mémoire relatif au spathfluor, et, sur sa propositiom de Bergman, l'Academie de Stockholm décernait à un simple élève en pharmacie le titre de son associé».

Anche questo aneddoto non può esser vero in tutto perchè quando Scheele andò ad Upsala aveva già conosciuto il fratello di Gahn a Stockholm, e questi lo aveva raccomandato al chimico di Upsala. Per quanto Scheele fosse, onesto, buono, non avido di gloria, non poteva dimenticare che Bergman erasi rifiutato di presentare alla Accademia di Stockholm le sue due prime Memorie sull'acido ossalico e sull'acido tartarico. Il Vicq d'Azyr (Éloge de Scheele in

Hist. et Mém. de la Soc. Royale de Médecine de Paris, ann. 17841785, pubbl. nel 1788, pag. 91), che lesse l'elogio di Scheele il 27 febbraio 1787, cioè poco dopo la morte dell'illustre chimico, riferisce il fatto in modo diverso; attribuisce l'incertezza di Scheele, a presentarsi a Bergman, alla sua grande timidezza, al timore di trovarsi in presenza di un grande uomo, e Bergman, saputo ciò, si sarebbe presentato spontaneamente a Scheele e l'avrebbe con entusiamo abbracciato. Ciò è bello, è poetico, ma non è vero e non è naturale. La versione più consona al vero e che corrisponde in gran parte a quanto si è saputo poi dal Nordenskjöld, è quella data da Cap. Però il Cap è in errore quando dice che poco dopo fatta amicizia con Bergman, cioè almeno nel 1775, presentò all'Accademia di Stockholm la sua Memoria sullo spath fluor, perchè questa Memoria era già stata presentata dallo Scheele sino dal 1771 ed è inserita nelle Memorie di Stockholm di quell'anno.

La grande amicizia fra Bergman e Scheele è dimostrata anche, mi sembra, dalla bella lettera che Scheele inviò a Crell il 19 luglio 1784 poco dopo la morte di Bergman (Cr. A., t. IX, pag. 205, e Mém. de Scheele, t. II, pag. 214). Mi piace qui riprodurla:

«J'ai à vous apprendre une nouvelle bien triste, et qui n'est probablement pas encore venne à votre connaissance: nous venons de perdre notre grand Professeur M. le chevalier Bergman! Il est mort d'une hémorragie aux Eaux de Medwi. La Chymie perd tout ce qu'elle peut perdre dans un seul homme. Sa vie étoit entièrement consacrée aux sciences; elle a été malheureusement trop courte. Qui pourra maintenant dédommager ses amis, sa famille, du sacrifice qu'il a fait de cette vie si utile, en l'abrégeant par des travaux assidus, par son application et ses veilles? Il laisse après lui une gloire durable; elle est sa récompense! Tous ceux qui aiment les Sciences Naturelles, chez toutes les Nations, regretteront en lui le premier de tous les professeurs connus jusqu'à ce jour; pour moi, je perds encore un ami dont la bonté faiseit disparaitre entre nous toute inégalité d'age et de connaissances! Que ne puisje exprimer les sentimens de reconnaissance et de douleurs dont je suis pénétré, ainsi que tous mes Confrères! Que ne puisje couvrir sa tombe de fleurs que le temps ne flétrisse pas! J'espère, dans peu, lui élever un monument par l'Histoire de sa glorieuse vie; je me borne à dire en ce moment: Ô! Homme immortel, puisse ta cendre reposer en paix, ton esprit est déjà plus heureux que nous!».

Il traduttore degli Opuscoli chimici e fisici di Bergman che era Guyton de Morveau aveva per errore attribuito a Bergman molte delle scoperte fatte realmente da Scheele, quali quelle della terra pesante, dell'acido arsenico, del cloro; ma Bergman premurosamente avvertì dell'errore il Morveau, che lo rettificò nell'avvertimento al 2° volume degli Opuscules chymiques ci physiques, 1785, pag. XIV.

Nel 1789 la R. Accademia delle Scienze di Stockholm fece coniare una medaglia in onore di Scheele (V. fig. 2), la quale da una parte porta l'effigie di Scheele e dall'altra l'esperienza della combustione nell'ossigeno, coll'iscrizione: Ingenio stat sine morte decus e in basso: Socio praematura morte excepto reg. Acad. scient. Stockholmiensis. Una medaglia commemorativa fu fatta coniare pure dalla stessa Accademia nel 1827, e questa da una parte porta l'effigie di Scheele e dall'altra l'immagine di Isis a cui Mercurio tenta di togliere il velo; coll'iscrizione: Naturae sacra orgia movit, e in quell'anno il Franzén pronunziò un discorso commemorativo (Clève).

Nel 1872 si iniziò una sottoscrizione per innalzare un monumento a Scheele in Stockholm, che fu poi inaugurato nel 1886: è quello rappresentato nella Tavola unita a questo opuscolo. Nel 1827 la Società di Farmacia fece innalzare nel cortile della chiesa di Köping un monumento in ricordo dell'uomo che ha reso celebre all'estero il nome di quella piccola città.

Le opere di Scheele furono quasi tutte stampate nelle Memorie della R. Accademia delle Scienze di Stockholm, in lingua tedesca.

Furono poi tradotte in latino e riunite in 2 vol. in8° col titolo: Opuscula chemica el physica, latine vertit G. H. Schaefer. Edidit et praefatus ed. B. G. Hebenstreit, Leipzig 17881789.

Poco dopo furono pubblicate in lingua tedesca: Sämmtliche physische und chemische Werke da Fr. Hermbstaedt, 2 volumi in8°, Berlin 1793, e poi ristampate nel 1891 da Mayer e Müller nel medesimo formato e caratteri. Hermbstaedt vi ha fatto numerose annotazioni e aggiunte alcune lettere. In quest'opera trovasi tutta la bibliografia dei lavori di Scheele.

Le Memorie di Scheele, sotto il titolo di Chemical Essay of Charles William Scheele, furono tradotte in inglese da Thomas Beddoes, Londra 1786. Furono tradotte in francese da Mme P. sotto la direzione di Morveau: Mèmoires de

Chymie de M. C. W. Scheele, 2 vol. in12°, Dijon 1785, ed alcune sono state tradotte o riassunte anche in italiano (V. Opuscoli scelti sulle Scienze, Milano 1774 a 1786).

Ed ora dopo questo breve cenno intorno alla vita del grande uomo, vediamo quale fu la sua opera scientifica. Egli ha fatto in poco più di sedici anni, cioè dal 1768 al 1786, un numero straordinario di ricerche scientifiche. Si può di lui dire giustamente:

Vita brevis.

Multa explevit tempora.

Il Vicq d'Azyr scriveva nel 1787: «La vie des grands hommes se divise naturellement en deux parts; l'une appartient aux besoins, aux convenances, aux distractions de la Société; l'autre est celle du travail, et trop souvent c'est aux dépens de la seconde, que la première s'agrandit. L'eloge de M. Scheele ne présentéra point ce contraste. Stérile en événemens, s'est en découvertes, que sa carrière fut feconde. On apprend à son école, ce que peut le talent, sans dignités, sans protecteur et sans appui. On l'apprend surtout, en comparant la courte durée de sa vie, avec le riche tableau de ses productions, et les obstacles qu'il surmonta, avee le peu de resseurces qu'il eut pour obtenir d'aussi nombrcux succès».

Nessun chimico ha fatto sino ad ora un vero studio storicocritico sull'opera scientifica di questo grande svedese; si potrebbe fare eccezione pel Nordenskjöld, il quale ci ha fatto conoscere delle nuove ricerche di Scheele, sconosciute ai biografi anteriori.

In tutti i più grandi e pregiati Trattati di Chimica, quando si iniziano i capitoli intorno al cloro, ossigeno, fluoro, arsenico, tunsteno, molibdeno, manganese, all'acido urico, ecc., il primo nome che si incontra è quello di Scheele. Egli ha toccato tutti i punti della chimica inorganica ed organica.

SCOPERTA DELL'OSSIGENO. COMPOSIZIONE DELL'ARIA. TRATTATO DELL'ARIA E DEL FUOCO. Dalla più remota antichità è noto che bruciando del legno od altro combustibile si ha sviluppo di luce, di calore, e le proprietà del legno sono completamente modificate, anzi scompare come legno e lascia della cenere. Questi fenomeni così comuni hanno però di tempo in tempo attirato l'attenzione dei filosofi. Una spiegazione di questi fatti non si seppe mai dare se non da poco più che 100 anni. E Scheele fu uno di coloro che più contribuirono a spiegare i fenomeni della combustione e per conseguenza della respirazione.

Dai documenti pubblicati nel 1892 dal Nordenskjöld risulta che Scheele conosceva l'aria del fuoco od ossigeno già nel 17711772.

La lettera inviata da Scheele a Lavoisier il 30 settembre 1774 contiene la descrizione di un esperimento per ottenere l'aria del fuoco dal carbonato d'argento, ciò che dimostra come Scheele conoscesse l'ossigeno già molto prima del 1774.

Inoltre si può osservare che nel suo libro: Traité de l'air et du feu, pubblicato nel 1777, ma già finito, come attesta Bergman nella prefazione, sino dal 1775, vi sono descritti tanti e variati modi di preparare l'aria del fuoco od ossigeno, che certamente non poche di queste esperienze debbono risalire a molto prima del 1774.

Dalle lettere di Scheele si scorge chiaramente che egli temeva che le sue scoperte, contenute nel suo manoscritto, fossero fatte da altri ed invero egli non aveva torto. Priestley senza saper nulla dei suoi lavori scoprì l'ossigeno.

Ciò nulla toglie ai grandi meriti di Priestley, il quale certamente è stato il primo a pubblicare la grande scoperta ch'egli ha fatto, il 1° agosto 1774, e a descrivere le principali proprietà di questo importantissimo elemento.

Scheele preparò l'ossigeno in vari modi: decomponendo l'acido nitrico e i nitrati di potassio, di magnesio e di mercurio, decomponendo il biossido di manganese, solo o con acido solforico o con acido fosforico (1775), decomponendo l'ossido e il carbonato d'argento, l'ossido di mercurio, l'acido arsenico, ecc. Dimostra che questo gas si trova nell'aria e lo chiama aria del fuoco.

Il modo di formazione dell'ossigeno dal carbonato d'argento è interessantissimo; nel § XXXVIII del suo Trattato dell'aria e del fuoco egli scrive:

«Io presi una soluzione d'argento nell'acido nitroso, la precipitai coll'alcali del tartaro, lavai ed essiccai il precipitato; io ho messo questa calce d'argento in una storta per ridurla a fuoco nudo; attaccai al collo della storta una vescica vuota; bentosto la vescica fu dilatata dall'aria che si sviluppava. Terminata la distillazione io trovai nella storta la calce d'argento in parte fusa, e con brillante metallico. Avendo ottenuto il precipitato coll'alcali di tartaro che è sempre unito all'acido aereo e quest'acido attaccandosi alla calce d'argento quando questa si precipita, quest'acido era pur esso entrato nella vescica. Io lo separai col latte di calce e rimase la metà dell'aria, che era dell'aria del fuoco pura».

Quanta abilità analitica, in quel tempo! Evidentemente egli aveva dal nitrato d'argento ottenuto il carbonato d'argento, che poi si decompose nel modo seguente:

$$Ag_2CO_3 = Ag_2 + CO_2 + O.$$

Egli indicò i primi ed esatti metodi per assorbire l'ossigeno, come, ad esempio, mediante il fegato di solfo, e con solfato ferroso e potassa.

Per dimostrare che nell'acqua comune vi è sciolto dell'ossigeno, cioè è aerata, opera in questo modo:

«Io prendo (scrive Scheele), ad esempio, un'oncia di acqua, vi verso circa quattro gocce di una soluzione di vetriolo di Marte e due gocce di alcali di tartaro, diluito con un poco d'acqua; si forma subito un precipitato d'un verde scuro, che ingiallisce alcuni minuti dopo, allorquando l'acqua contiene dell'aria del fuoco; ma nell'acqua bollita e raffreddata senza aver avuto comunicazione coll'aria libera, o nell'acqua distillata di recente, il precipitato conserva il suo colore verde e non ingiallisce che un'ora dopo, e se è stato conservato in bocce piene e senza comunicazione coll'aria esterna, non ingiallisce affatto» (Trattato dell'aria e del fuoco, § XCIV).

E subito dopo egli riporta le sue esperienze che dimostrano come gli animali acquatici assorbano l'ossigeno sciolto nell'acqua ed allora il precipitato sovraccennato rimane verde.

Dimostra che il solfo, bruciando nell'aria del fuoco, produce dell'aria solforosa (ora anidride solforosa), che il fosforo brucia nell'aria del fuoco dando acido fosforico; dimostra pure che il carbone bruciando all'aria del fuoco produce CO_2 e la fiamma poi si spegne, ma che assorbendo CO_2 con la calce rimane O, in cui il carbone brucia ancora.

Nel 1775 Scheele mette ben in chiaro che l'aria consta di due corpi diversi: l'aria del fuoco e l'aria mefitica, e che il primo può essere assorbito col fegato di solfo ed anche in altri modi; dimostra che l'aria mefitica residua (azoto) è più leggera dell'aria.

Trattato dell'aria e del fuoco. È questa l'opera più importante di Scheele; è un vero capolavoro. Questo aureo volume è ricco di numerose, nuove ed eleganti esperienze. Questo Trattato fu pubblicato la prima volta in tedesco, con una prefazione di Bergman: Chemische Abhandlung von der Luft and Feuer, Upsala e Leipzig 1777. La seconda edizione fu fatta da Léonhardy nel 1781; fu poi ristampato nel 1793 da S. Fr. Hermbstaedt insieme agli altri lavori di Scheele col titolo: Sämmtliche physische u. chem. Werke, ecc. in 2 volumi. Il barone De Dietrich lo tradusse in francese: Traité de l'air et du feu par Ch. G. Scheele, Paris 1781, in12° e ristampato poco dopo col medesimo titolo e un Supplément au Traité chimique de l'air et du feu, contenant un tableau abregé des Nouvelles Découvertes, sur les diverses espéces d'air par I. G. Léonhardy, des notes de Richard Kirwan, avec la traduction des expériences de M. Scheele sur la quantità d'air pur qui se trouve dans l'atmosphère, Paris, in12°, 1785. Faccio notare che questa seconda edizione francese, oggi molto rara, non è ricordata dagli storici della chimica, come non è ricordata nemmeno da Poggendorff nel suo Handwörterbuch.

La traduzione di questo bel libro fu fatta dal barone di Dietrich in seguito a sollecitazione di Turgot, il famoso ministro di Luigi XVI, che coltivava con passione la chimica.

La traduzione inglese è del 1780: Chemical Observations and Esperiments on air and fire, ecc. di Charles William Scheele, transat. from German by J. R.

Forster, London 1780, in8°. E fu poi riprodotto, ma non completamente, nella collezione detta Alembic Club Reprints nel 1894 col titolo: The Discovers of Oxygen.

Quest'opera fu tradotta anche in latino e recentemente l'Ostwald l'ha riprodotta nella sua collezione dei Klassiker. Non fu mai, credo, tradotta in italiano.

Nell'introduzione di quest'opera lo Scheele espone le sue esperienze fatte già nel 1770 circa, colle quali dimostra che l'acqua non si trasforma in terra; e lo prova coll'analisi chimica in modo così chiaro come si potrebbe fare ora. Dimostra che l'acqua all'ebollizione intacca il vetro e ne scioglie una parte; fra le sostanze disciolte vi riconosce la presenza della silice.

Poi incomincia il Trattato colle parole: «Ridurre con abilità i corpi alle loro parti costituenti, scoprirne le proprietà, ricomporli in vari modi; tale è l'oggetto o lo scopo principale della chimica».

E subito nel cap. IV descrive le proprietà che ha l'aria atmosferica:

«L'aria è un fluido invisibile che noi respiriamo continuamente, e circonda la terra da ogni parte, e che è molto elastica ed è dotata di peso. Essa è costantemente riempita da una quantità prodigiosa di emanazioni così sottili, che i raggi del sole le rendono appena visibili; i vapori acquosi ne formano sempre la più gran parte. L'aria è di più unita ad un altro corpo cui somiglia per la sua elasticità, ma che ne differisce per molte sue proprietà. Il professore Bergman lo nomina con ragione: acido aereo. Esso deve la sua esistenza ai corpi organizzati distrutti dalla putrefazione o dalla combustione».

Espone le sue numerose esperienze che dimostrano essere l'aria composta da due specie di fluidi elastici (V. sopra). Indica tutti i mezzi che a lui hanno servito per separare l'aria del fuoco (ossigeno) dall'aria corrotta (azoto): con il biossido d'azoto (aria nitrosa), o l'idrato ferroso ottenuto mescolando il vetriolo verde con potassa caustica, ecc., si assorbe sempre 1/4 a 1/5 del volume dell'aria. Egli brucia in un determinato volume di aria del fosforo o dell'idrogeno e trova che il volume diminuisce ancora di 1/4 o di 1/5. Nota invece che bruciandovi una candela, o dell'alcol o del carbone, il volume diminuisce pochissimo, ma agitando l'aria così trattata con del latte di calce diminuisce di volume e una candela può di nuovo bruciarvi benchè per poco tempo. Dimostra che l'aria che rimane dopo diminuito il volume non mantiene più la combustione nè la respirazione.

Anche in un'altra Memoria (Expériences sur la quantité d'air pur qui se trouve dans notre atmosphère in Mém. de l'Acad. de Stockholm, 1779, e in Mém. de Chim., t. II, pag. 1; e Fernere Versuche über Luft, Feuer und Wasser in Cr. A., 1785, t. I, e Opusc., t. I, pag. 177, e Chem. Werke, t. I, pag. 245) conferma che veramente l'aria atmosferica contiene circa 1/5 in volume di aria del fuoco ed adopera per queste esperienze l'apparecchietto rappresentato dalla figura 3.

Riguardo alla respirazione dell'aria infiammabile, lo Scheele ebbe una discussione col nostro Felice Fontana (Vedi I. Guareschi, Notizie storiche su Felice Fontana, pag. 1112. Torino 1907).

Fa un'altra esperienza bellissima. Brucia del solfo in un volume limitato di aria e vede che il volume del gas non cambia. Vi aggiunge dell'acqua di calce limpida ed il volume diminuisce di 1/6, ma l'acqua di calce non dà nessun precipitato. «Ciò indica, egli dice, che il solfo bruciando non esala dell'aria fissa (acido carbonico), ma emana un'altra sostanza che ha qualche rapporto coll'aria; questa sostanza è l'acido solforoso volatile, che occupa lo spazio abbandonato dall'aria al momento della sua combinazione col flogisto».

Dopo tutto questo egli pensa cosa sarà la parte dell'aria che viene assorbita in tutte le precedenti esperienze. Allora egli fa un'esperienza sintetica veramente classica (capitolo XXIX). Decompone col calore l'acido nitrico fumante o anche il nitrato di potassio e ottiene un'aria che raccoglie in una vescica.

«Io ho posto in quell'aria (il nostro ossigeno) un piccolo lume che vi bruciò subito con grande fiamma e con una vivacità éblouissante; io mescolai una parte di quest'aria con tre parti d'aria nella quale il fuoco non bruciava più, ed io ottenni un'aria assolutamente simile all'aria comune».

L'aria contenuta nell'acido nitrico e nel nitro è dunque, egli dice, necessaria a mantenere il fuoco e forma circa 1/3 dell'aria comune e la denominerò quindi aria del fuoco; mentre denominerò aria corrotta o viziata (il nostro azoto), quella che non ha nessuna utilità nella combustione e che forma circa 2/3 dell'aria comune.

Seguono poi le esperienze colle quali egli in moltissimi modi ha preparato l'aria del fuoco od ossigeno (V. sopra). Scheele fa sempre uso della bilancia. Fa notare il fatto che le vesciche umide lasciano passare l'CO_2 ed altri gas.

Ottiene l'ossigeno dall'ossido di mercurio precipitato dal sublimato corrosivo colla potassa e dall'ossido rosso di mercurio o precipitato rosso preparato per via secca; nel secondo caso l'aria del fuoco è purissima e nel primo contiene un poco di CO_2 perchè questo è nell'alcali adoperato a precipitare l'ossido di mercurio. In ogni caso egli separa sempre l'acido aereo o carbonico mediante l'acqua di calce.

Nota che se l'aria corrotta (azoto) è più leggera dell'aria comune, l'aria del fuoco (ossigeno) deve essere più pesante. Infatti «un volume, egli dice, di aria del fuoco di venti oncie d'acqua, pesa quasi due grani più di un egual volume di aria comune».

E poi si dirà che prima di Lavoisier non si pesava!

Per la storia dell'affinità chimica è importante l'osservazione che lo Scheele fa sul modo di comportarsi del precipitato rosso o precipitato per sè all'azione del calore. Egli fa chiaramente notare come l'affinità fra due corpi possa variare secondo la temperatura.

«È una circostanza particolare, egli dice, questa, che l'aria del fuoco, la quale aveva prima tolto il flogisto al mercurio (cioè lo aveva ossidato), durante una calcinazione lenta, glielo rende quando questa calce comincia ad essere scaldata al rosso; ma noi abbiamo più fatti di questa natura, ove il calore cambia le affinità dei corpi tra loro».

Si sa infatti ora che a temperatura non molto alta ha luogo la reazione:

$$Hg + O = HgO$$

e a temperatura elevata:

$$HgO = Hg + O.$$

Cioè possiamo scrivere:

$$HgO \leftrightarrow Hg + O.$$

Bellissime sono le esperienze che fa per dimostrare la presenza dell'ossigeno sciolto nell'acqua, mediante l'aggiunta di solfato ferroso e di potassa; si ha un precipitato verde che ingiallisce dopo pochi minuti se l'acqua tiene sciolto dell'ossigeno, ma coll'acqua previamente bollita e raffreddata il precipitato si mantiene verde.

Possiamo anche ricordare che Scheele riconobbe essere l'ossigeno necessario alla vita. Fece delle esperienze con degli insetti e vide che producevano acido carbonico; circa un quarto dell'aria era trasformata in acido carbonico (Clève); fece pure delle esperienze con sanguisughe entro acqua aereata e non aereata. Anche in queste esperienze è ammirabile. Per queste esperienze adoperava, ad esempio, l'apparecchio V rappresentato nella figura 4.

Fa delle osservazioni importanti sull'aria infiammabile. Osserva che già la limatura di ferro in presenza di acqua sviluppa aria infiammabile.

Nota che lo zinco in presenza di alcali fisso caustico (potassa caustica), sviluppa aria infiammabile; come pure se ne produce per l'azione tra lo zinco e l'ammoniaca. Ora noi esprimiamo questa reazione con:

$$Zn + 2KOH = H_2 + Zn(OK)_2$$

e sappiamo che la miscela di zinco e potassa è un riduttore energico.

Egli nota che facendo digerire lo zinco nell'acido arsenico si produce un'aria infiammabile che contiene un poco di arsenico. Evidentemente egli aveva ottenuto una miscela di idrogeno e di idrogeno arsenicale.

Ha avuto in mano anche l'ossido di carbonio ottenuto riducendo l'CO_2 col carbone, ma lo confuse coll'aria infiammabile. Però fa un'osservazione molto acuta. «La fiamma del carbone (dice) si forma dunque quando il calore, che si trova fra i carboni ardenti, si combina col loro flogisto e che una parte dell'acido aereo si unisce colle loro ceneri».

E termina questo capitolo XCVI dicendo: «Questa sottile dissoluzione del carbone e la sua introduzione nel sangue, sarebbe forse la causa del gran danno prodotto dai vapori di carbone?».

Ora si sa appunto che l'ossido di carbonio si assorbe dal sangue combinandosi coll'emoglobina.

Importanti sono le ricerche di Scheele sull'aria infiammabile o idrogeno.

«Egli pel primo riconobbe (scrive Th. Thomson) che mescolando i due gas idrogeno e ossigeno nella proporzione di una parte in volume di gas ossigeno e di due parti di gas idrogeno, bruciano con esplosione sull'acqua senza lasciare nessun residuo visibile; e allorquando erano l'uno e l'altro ben puri, il vaso che li conteneva si riempiva completamente d'acqua. Ma Scheele non potè allora, causa la mancanza di apparecchi convenienti, apprezzare i risultati di un'esperienza così importante (Système de Chimie, 1817, t. I, pag. 258).

Nel suo Trattato dell'aria e del fuoco sono indicati vari metodi allora nuovi per ottenere l'aria infiammabile.

Scheele fa continuamente uso della bilancia ed è erroneo attribuire il merito dell'uso della bilancia solamente a Lavoisier; in tutte o quasi tutte le sue esperienze descritte nel suo Trattato chimico dell'aria e del fuoco e nelle sue Memorie egli fa uso della bilancia; la quale deve essere stata già discretamente sensibile, perchè potè stabilire, fra gli altri fatti, che l'aria del fuoco comburente (ossigeno) è più pesante dell'aria corrotta (azoto).

Ma veramente dall'uso della bilancia non ne ha tratte tutte le conseguenze che ne seppe trarre Lavoisier.

Gli apparecchi e gli strumenti adoperati da Scheele nelle sue esperienze erano estremamente semplici e primitivi. A Köping potè impiantare un piccolo laboratorio che, a quanto raccontano i fratelli spagnuoli D'Elhujar, allievi di Bergman, i quali frequentarono anche il laboratorio di Scheele, pare essere stato uno dei migliori del tempo.

Interessanti specialmente sono gli apparecchi che egli usava per raccogliere ed esaminare i gas. Egli stesso li descrive nel capitolo XXX del suo Trattato dell'aria e del fuoco:

«Essendochè mi si potrebbe domandare in qual modo io travaso l'aria, così io credo mio obbligo descriverlo. I miei apparecchi ed i miei vasi sono i più semplici possibili; sono dei matracci, delle storte, delle bottiglie di vetro e delle vesciche di bue, ecc.». E così prosegue descrivendo il modo di operare. La figura 4 rappresenta alcuni degli strumenti usati da Scheele per i gas: I e II servono a dimostrare che l'aria infiammabile (idrogeno) bruciando fa diminuire l'aria in C; III rappresenta la preparazione dell'ossigeno; D le vesciche vuote nelle quali si raccolgono i gas.

FIAMME COLORATE. Io credo che Scheele sia stato il primo ad attirare l'attenzione sulla colorazione delle fiamme. A pag. 176, in nota, del suo Traité de l'air el du feu scrive:

«Allorquando non vi è abbastanza flogisto in una miscela oleosa perchè l'aria del fuoco possa esserne saturata, la luce è azzurra, come la si vede nella fiamma dei carboni, dell'aria infiammabile, del solfo e dello spirito di vino. Da certi vapori eterogenei che si trovano nella fiamma pare provengano diverse specie di luci. I vapori rameosi attirerebbero tutte le specie di raggi luminosi, eccello i verdi, e l'alcali minerale tutti i raggi eccello i gialli?».

E qui fa ancora l'osservazione che il solfo e il fosforo coll'acido nitrico concentrato dànno l'acido solforico e l'acido fosforico purissimi.

RICERCHE SUI. MANGANESE. SCOPERTA DEI. CLORO, DEL PERMANGANATO POTASSICO E DELLA BARITE. – La scoperta del cloro fu fatta dallo Scheele in occasione del suo grande lavoro sul manganese, che lo tenne occupato quasi tre anni. Questo grande lavoro fu pubblicato nelle Memorie dell'Accademia di Stockholm nel 1774, vol. XXXV, col titolo: Von Braunstein oder Magnesium und von dessen Eigenschaften ossia De la manganèse et de ses propriétés, nelle Mémoires de Chimie di Scheele, t. I, pag. 39120.

Scheele scoprì il cloro nel 1772 e l'ottenne per l'azione dell'acido muriatico (detto poi acido cloridrico) sulla magnesia nera o pietra bruna (Braunstein) o biossido di manganese, e, secondo la teoria del flogisto Scheele denominò il nuovo gas (o la nuova aria come si diceva allora) acido marino o muriatico deflogisticato, dal latino muria o muriaticum (salamoia, sale). Ma la scoperta non venne pubblicata che nel 1774.

Nel 1773 Scheele notò che il Braunstein doveva essere un composto di un metallo speciale, il manganese. Nell'anno seguente Gahn ottenne questo metallo allo stato di regolo.

L'abilità analitica di Scheele era straordinaria. Quando egli prendeva ad esaminare una sostanza nuova la considerava sotto tutti gli aspetti e l'esame che ne faceva era completo.

Valga l'esempio del minerale di manganese. Egli prende ad esaminare la allora cosidetta magnesia nera, ciò che ora si chiama biossido di manganese o pirolusite; la scalda sola o meglio con acido solforico e scopre l'aria vitale o aria del fuoco detta poi ossigeno.

Scalda a fusione la magnesia nera con potassa e ne ottiene il manganato potassico che denomina camaleonte minerale, il quale dà una soluzione verde che cogli acidi passa gradatamente al rossoviolaceo e si trasforma così in permanganato, e dalla soluzione rossovioletta colla potassa riottiene il manganato verde.

Tratta la magnesia nera con l'acido muriatico e scopre l'acido muriatico deflogisticato, che fu poi detto cloro, e ne descrive le principali proprietà.

Rimostra che la magnesia nera è una terra o meglio una calce di un metallo, manganese, che egli tenta di ottenere libero, e che fu poi ottenuto da I. G. Gahn nel 1774 e da Hjelm nel 1782.

Scheele fu il primo a scoprire il manganese nelle ceneri delle piante. Nella sua bella Memoria: De la manganèse vi è un capitolo intitolato: De la présence de la manganése dans les cendres des végétaux. A pag. 109 scrive: «La manganèse existe donc effectivement dans les cendres; j'en ai trouvé très peu dans les cendres du cumin sauvage (serpillum); il y en a davantage dans les cendres de bois». Il Carradori ed altri poi confermarono che il manganese trovasi nelle piante.

Studia le impurezze della pirolusite e nello stesso anno 1774, nella già citata Memoria, descrive la sua scoperta della terra pesante, detta poi barite.

Notò che il biossido di manganese o magnesia nera è di solito accompagnata:

1) da un poco di ocra;

2) da un poco di terra quarzosa insolubile;

3) da terra calcare;

4) e da un poco di una terra nuova incognita che era mescolata colla terra quarzosa e che neutralizza gli acidi e si unisce all'acido vetriolico dando un sale insolubile nell'acqua. Nel 1779 Scheele pubblicò la dissertazione sulla terra pesante nella quale dimostra che la terra pesante è completamente diversa dalla calce. Per estrarla mescola lo spato pesante (riconosciuto da Gahn come la combinazione dell'acido vetriolico colla terra nuova di Scheele) con polvere di carbone e miele, fa una pasta che calcina in crogiuolo, e attacca la massa epatica (il nostro solfuro di bario) coll'acido muriatico. Ottiene così la soluzione del muriato della terra pesante (il nostro cloruro di bario $BaCl2$), che tratta con carbonato potassico e la nuova terra precipita allo stato di carbonato. Questa terra nuova di Scheele fu detta terra pesante da Bergman, barota da Morveau e baryta da Kirwan. Pelletier e Vauquelin distinsero poi la barite dalla stronziana.

Witheriug la trovò allo stato nativo nel 1783 (witherite o carbonato di bario).

Bergman e Scheele nel 1776 descrissero anche il nitrato di bario o nitro a base di terra pesante, o nitro pesante.

La scoperta del BaCO3 è dovuta a Bergman e Scheele.

In fondo dunque Scheele tratta il minerale con acido muriatico e ottiene soluzione di BaCl2 che precipita con H2SO4, il BaSO4 riduce a BaS che con HCl dà BaCl2 che precipitato con K2CO3 fornisce BaCO3 puro.

Quanti chimici noti avevano già trattato il biossido di manganese o magnesia nera coll'acido solforico ed ottenuto un sale di color rosa? Ma solo Scheele osservò che in questo trattamento si sviluppavano delle bollicine gassose incolore, e di questa osservazione egli non si contenta, ma vuole vedere di che cosa sono formate queste bollicine, raccoglie in una vescica il gas, che si distingue dall'aria e dall'acido carbonico perchè attiva in modo straordinario la combustione; è la così detta aria vitale, ciò che poi si disse ossigeno. È questo uno dei tanti modi coi quali Scheele preparò l'ossigeno e che ora noi rappresentiamo con:

2MnO2 + 2H2SO4 = 2MnSO4 + O2 + 2H2O.

Egli tratta la stessa magnesia nera con acido cloridrico ed ottiene un altro gas che riconosce diverso da quelli sino ad ora conosciuti perchè ha odore irritantissimo, colore gialloverde e corrode le materie organiche; infatti tenta di raccoglierlo in una vescica, ma la vescica resta corrosa ed il gas sfugge; allora lo raccoglie entro una campana o boccia di vetro piena d'acqua e capovolta. Il nuovo gas è il cloro; di questo descrive le proprietà ed il modo di agire come si potrebbe fare ora. Ma ciò che è più straordinario si è che lo Scheele si accorge che il cloro agendo sulle materie organiche, che decolora o distrugge, ripassa allo stato di acido muriatico, che riconosce ai fumi bianchi che manda stando all'aria. Allora non si conosceva la composizione delle sostanze organiche, ma questo fatto ben osservato lo tiene preoccupato, intuisce la tendenza che ha il cloro a riprendere qualche cosa che aveva perduto. Ora noi sappiamo che il cloro colle materie organiche produce dell'acido cloridrico perchè si ricombina coll'idrogeno.

Lavoisier denominò l'acido muriatico deflogisticato: acido marino aerato. Dopo 11 anni, nel 1785 specialmente, l'acido marino deflogisticato fu studiato dal Berthollet che lo considerò come un composto di acido muriatico e di ossigeno e perciò fu detto acido muriatico ossigenato, cioè un composto del radicale murium coll'ossigeno.

Furono poi: Berthollet che applicò il cloro all'imbianchimento, H. Davy, GayLussac e Thenard, che dimostrarono essere il cloro un corpo semplice, denominato dal Davy chlorine, ossia cloro, da χλωρός verde.

È giusto attribuire a Berthollet l'applicazione del cloro all'imbianchimento; ma è anche giusto ricordare che Scheele quando scopri il cloro notò la proprietà che aveva questo gas di decolorare, e a pag. 71 della sua Memoria sul manganese (Mém., t. I, pag. 71) scrive, a proposito dell'acido muriatico deflogisticato:

«La carta azzurra di tornasole è diventata quasi bianca; tutti i fiori rossi, azzurri e gialli, e anche le piante verdi, ingialliscono in poco tempo e l'acqua del pallone è stata cambiata in un puro acido muriatico debole».

Egli aveva dunque già notato in modo particolare l'avidità colla quale il cloro tende a combinarsi coll'idrogeno delle sostanze idrogenate per trasformarsi di nuovo in acido muriatico.

La scoperta del gas cloro è di quelle che si direbbero di primo ordine.

Scheele non pensò di applicare questo gas all'industria come poi fece Berthollet; egli era di natura diversa da Berthollet, non pensava che a scoprire nuovi veri; alle applicazioni non pensò mai.

Sulla scoperta del cloro si può vedere un breve lavoro di Chattaway.

ACIDO FLUORIDRICO. La scoperta dell'acido fluoridrico, è una delle prime di Scheele (1771); egli l'ottenne trattando con acido solforico lo spato fluore e lo denominò acido fluorico. Notò che intacca il vetro. Schwankhard, negoziante di Norimberga, sapeva già nel 1670 che lo spato fluore misto con olio di vetriolo può servire a corrodere il vetro. Altri avevano fatto questa osservazione (Pauli a Dresda nel 1725; Gessler, Puymaurin in Francia), ma era un fatto puramente empirico; Scheele fu il primo a dire che si sviluppa un'aria, un gas speciale, e che differiva da tutti gli acidi sino allora conosciuti. Dalle sue esperienze concluse che lo spato fluore era formato principalmente da terra calcare saturata con un acido particolare; oggi noi diciamo che è fluoruro di calcio.

Pare che Scheele abbia ottenuto anche l'acido idrofluosilicico e il fluoruro di silicio.

L'acido fluorico di Scheele o aria spatica fu poi preparato da Priestley, il quale credeva di averlo ottenuto puro per distillazione dello spato fluore con acido solforico in istorta di vetro e riconobbe essere un gas con proprietà particolari (On Air, t. II, pag. 339). Wiegleb (1781), Bucholz e Meyer fecero notare che l'acido di Scheele conteneva della silice come parte costituente. John Davy poi determinò le proporzioni di acido fluorico e di silice nell'acido di Scheele e dimostrò che è un composto particolare di acido fluorico e di silice in proporzioni costanti.

Scheele però nel 1781 era riuscito ad avere un acido fluorico che non conteneva più silice.

Se si esaminano bene le esperienze di Scheele, ci accorgiamo che quando egli tratta lo spato fluore o fluoruro di calcio con acido solforico concentrato ottiene l'acido fluoridrico, il quale però intacca subito il vetro e dall'attacco della silice del vetro si forma per conseguenza il gas fluoruro di silicio. Egli infatti provò che l'acido fluorico scioglie completamente la silice trasformandola in un gas che in presenza dell'acqua o dell'umidità dell'aria deposita la terra silicea. Ed ora sappiamo che il fluoruro di silicio coll'acqua dà silice idrata e acido idrofluosilicico:

$3SiF_4 + 4H_2O = Si(OH)_4 + 2H_2SiF_6.$

Dunque Scheele non ottenne l'acido fluoridrico HF puro, ma ebbe in mano una miscela dei due gas: acido fluoridrico e fluoruro di silicio, che coll'acqua genera l'acido idrofluosilicico. L'acido fluoridrico che egli trovava nel distillato era una miscela di acido fluoridrico vero e di acido idrofluosilicico. Il gas che conteneva, e quindi dava la silice, era il fluoruro di silicio, detto molti anni dopo acido fluorico siliciato.

L'acido fluorico fu studiato nel 1788 da Puymaurin figlio (Opusc. scelti sulle Scienze, pag. 410. Milano 1788). Alquanto puro fu ottenuto da GayLussac e Thenard nel 18081809 (Recherches phys.chimiques, 1811, t. II, pag. 1). L'acido idrofluosilicico era denominato da GayLussac e Thenard idrofluato di fluoruro di silicio, considerandolo come una combinazione: $2HF + SiF_4$.

Non fu che nel 1812, osserva Moissan, che Davy ne fece conoscere la vera natura e che dimostrò contro l'opinione degli altri chimici, che l'acido del fluoro, l'acido fluorico, non conteneva dell'ossigeno e che bisognava considerarlo come l'analogo dell'acido cloridrico, cioè come la combinazione di un radicale simile al cloro, coll'idrogeno.

SCOPRE L'ACIDO NITROSO E IL NITRITO DI POTASSIO. Fra le Memorie non pubblicate e ricordate dal Nordenskjöld, vi è quella su: Una nuova specie di acido nitrico (scoperta dell'acido nitroso), comunicata a Retzius nel 1768 ed un'altra non meno notevole: Sulla preparazione dei globuli martialies, che fu trovata fra le carte di Gahn. Secondo Retzius «questa Memoria è la prima cosa che Scheele abbia messo in carta», ma dall'Accademia a cui era stata presentata, non fu dichiarata degna della stampa. In questa Memoria (1768) si trova, fra l'altro, già l'osservazione, di grande importanza teorica, che un'aria infiammabile (l'idrogeno) si sviluppa non solo per l'azione dell'acido, del vetriolo e del sal marino sulla limatura di ferro, ma anche per azione degli acidi organici e dell'acqua pura stessa (Nordenskjöld).

Nel 1767 Scheele scopre il nitrito di potassio, che ottiene come residuo della calcinazione del nitrato.

Egli è dunque stato il primo a distinguere l'acido nitrico dall'acido nitroso. Osservò che scaldando del nitrato di potassio si sviluppa dell'aria del fuoco (ossigeno) e rimane un sale che con un acido, quale il tartarico, sviluppa dei vapori rossi.

ACIDO SOLFIDRICO. Già prima del 1777 Scheele aveva scoperto l'acido solfidrico, che egli denominava aria epatica o aria solfurea.

Egli l'otteneva decomponendo cogli acidi il fegato di solfo, sia preparato colla potassa e il solfo, sia colla calce e il solfo.

Egli ne descrisse con grande precisione le principali proprietà (veggasi il suo Trattato dell'aria e del fuoco, § XCVII).

Prepara i solfuri e per l'azione degli acidi osserva che fanno effervescenza, dovuta allo sviluppo di una nuova aria, che è poi l'attuale idrogeno solforato, e ne indica le principali reazioni: 1) non precipita l'acqua di calce; 2) è solubile nell'acqua e l'acqua assume odore epatico; 3) non mantiene i corpi in combustione ma all'aria brucia dando fumi bianchi con odore di solfo bruciato e deposito di solfo.

Proprio come farebbe un chimico oggi!

A pag. 257 del suo Trattato dell'aria e del fuoco dice chiaramente che il miglior modo di preparare quest'aria solfurea consiste nel trattare il solfuro di ferro cogli acidi:

«Il miglior metodo di procurarsi quest'aria è di fondere in una storta tre oncie di limatura di ferro con due oncie di solfo; di scaldare sino a che non si sublimi più solfo e rompere la storta quando tutto è raffreddato. Il peso del ferro sarà aumentato di un'oncia. Questo ferro solforato si scioglie con grande effervescenza negli acidi e non fornisce che dell'aria puzzolente del solfo, senza che resti del solfo nel residuo».

È il modo col quale si è poi sempre preparato, e si prepara, comunemente l'acido solfidrico nei laboratori.

Nota che facendo bollire del solfo in un'atmosfera di aria infiammabile si ha odore epatico. Cioè si forma un poco di acido solfidrico e come oggi scriviamo:

$$S + H_2 = SH_2.$$

Si noti che egli scalda il solfo a ricadere tenendo la storta col collo in alto. Questa è la vera sintesi dell'acido solfidrico, partendo dagli elementi.

Questa nuova aria egli la chiama aria infiammabile solforosa o solfurea. Osserva che è decomposta dall'acido nitrico.

Fa l'esperimento di far incontrare questa nuova aria con lo spirito di solfo volatile (l'acido solforoso) e nota che dopo mezz'ora il vaso si riveste internamente di una pellicola di solfo. È l'esperienza che si la tuttora in iscuola e che si rappresenta colla nota equazione:

$2H2S + SO2 = 2H2O + S3$.

Inoltre lo Scheele scopri anche il persolfuro di idrogeno, che fu poi rappresentato colla formola $H2S3$ (veggasi il suo Trattato dell'aria e del fuoco).

FOSFORO DALLE OSSA. Nel 1769 Gahn dimostrò la presenza del fosfato di calcio nella cenere delle ossa e poco dopo, nel 1775, altri dicono 1770, Scheele studiò un metodo nuovo per estrarre il fosforo dalle ossa. Egli scioglieva le ossa calcinate nell'acido nitrico diluito e precipitava la calce coll'acido solforico; dal filtrato, evaporato, separava ancora del solfato di calcio, poi mescolava il liquido sciropposo con del carbone polverizzato, disseccava la massa e calcinava in storta di grès.

Il metodo, scrive Thomson, che i fabbricanti di fosforo abitualmente impiegano non è che un perfezionamento del processo di Scheele (Système de Chimie, 1817, t. I, pag. 298).

DECOMPOSIZIONE DEL CLORURO DI SODIO COLLA CALCE. Scheele pare sia stato il primo ad osservare la decomposizione del muriato di soda (cloruro di sodio) colla calce (Expériences sur la décomposition des sels neutres par la chaux vive et par le fer: Mém. Acad. Stockholm, 1779, et Mém. de Scheele, t. II, pag. 1320). Questo fatto è ricordato da Berthollet nella sua classica opera: Recherches sur les lois des affinités (Mem. Acad. Paris, 1801, t. III, pag. 40) e scrive: Scheele mi sembra essere stato il primo che abbia osservato la decomposizione del muriato di soda colla calce, di cui Guyton ha poscia fatto un processo usuale (V. in Guareschi, La chim. in Italia dal 1750 al 1800, parte 2ª: Berthollet, pag. 371 e 382). Come pure Scheele osservò una simile decomposizione del muriato di soda, del solfato e nitrato di soda, mediante il ferro. Ed egli giustamente attribuiva ciò all'efflorescenza del carbonato di soda. Il che non succede coi sali corrispondenti di potassio, perchè il carbonato di potassio è deliquescente.

ACIDO ARSENICO. IDROGENO ARSENICALE E ARSENITO DI RAME O VERDE SCHEELE. Scheele ha scoperto i principali composti arsenicati; nel 1775 scoprì l'acido arsenico, ne descrisse le principali proprietà e può dirsi che ne fece il primo la storia completa. L'ottenne trattando l'acido arsenioso o arsenico bianco con acido nitrico concentrato. Scoprì e descrisse l'arseniato di ammonio, di magnesio ed altri arseniati.

La sua Memoria: De l'arsenic et de son acide (Mém. de l'Acad. de Stockholm, 1775, e Mém. de Chim., t. I, pag. 129) è bellissima. Il lavoro sullo spato fluore lo condusse allo studio del manganese e questo lo condusse all'arsenico. Egli concatena tutto; collega sempre i fenomeni tra loro con una logica serrata, direi con una logica sperimentale. Scheele era non solo un grande sperimentatore, ma anche un filosofo nel vero senso della parola.

Egli insegnò che la soluzione acida dell'acido arsenioso precipita coll'acido solfidrico e nel 1775 preparò l'acido arsenico dall'acido arsenioso anche con l'acqua regia, e nello stesso anno scopri l'idrogeno arsenicale, che ottenne per l'azione dell'acido arsenico sul ferro.

Nel 1775 (Mém., t. I, p. 181183) osservò che lo zinco trattato con soluzione di acido arsenico diventa nero e si forma molta polvere nera che riconobbe essere del regolo di arsenico; l'aria raccolta aveva odore arsenicale sgradevole, non era assorbita dall'acqua nè dalla calce, mista con aria e bruciata detonava, e la fiamma lasciava depositare delle macchie nere, l'interno del vaso in cui bruciava era pure annerito. È dunque, diceva Scheele, del gas infiammabile che tiene sciolto dell'arsenico. Era, come si vede, l'idrogeno arsenicale. Vauquelin, molti anni dopo, confermò le ricerche di Scheele.

A Scheele si deve la scoperta di quella bella materia colorante verde che è conosciuta col nome di verde minerale o verde Scheele; è un arsenito di rame che egli ottenne dall'arsenito potassico col solfato di rame. È molto stabile, ed anche molto velenoso.

Il verde Scheele è stata forse la prima materia colorante ottenuta artificialmente e di uso molto comune.

ACIDO MOLIBDICO. Il solfuro di molibdeno nativo fu per lungo tempo confuso colla grafite. Nel 1778 Scheele invece dimostrò che questo minerale è assai diverso dalla grafite, riconobbe che contiene del solfo ed inoltre che può fornire, coll'acido nitrico fumante, un acido bianco a cui diede prima il nome di terra del molibdeno e poi acido del molibdeno. Pelletier poi dimostrò che il minerale è formato da solfo e da un metallo, il molibdeno, che ossidato dà l'acido scoperto da Scheele, l'acido molibdico. Il metallo molibdeno libero fu ottenuto nel 1782 da Hjelm. Il nome di molibdeno, μολύβδαινα, è il nome greco della grafite.

ACIDO TUNSTICO. Nel 1781 Scheele esaminò un minerale bianco che si trova in Svezia, pesante e che perciò i mineralogisti chiamarono pietra pesante, o tunsten, o tungsten. Egli vi trovò della calce e un nuovo acido, che denominò acido del tungsteno. Oggi sappiamo che è TuO_3, e che il minerale accennato è il tunstato di calcio, denominato poi Scheelite in onore di Scheele.

SILICE E ACIDO FERRICO. Della silice lo Scheele si occupò in modo speciale in una Memoria: De silice, argilla et alumina (Opuscula 2, pag. 67; nelle Mém. de l'Acad. de Stockholm, 1776; Mém. de chim., t. I, pagina 191; Espériences et remarques sur le quarz, l'argille et l'alun); qui dimostra che il quarzo è una terra particolare e che non è punto trasformabile in allume come si credeva ed è diverso dall'argilla. Nota che la calce può combinarsi coll'argilla, mentre invece la selenite non può combinarvisi. Dalle note e dalle lettere inedite di Scheele pubblicate dal Nordenskjöld nel 1892, risulta che Scheele in una Memoria particolareggiata aveva dimostrato a Gahn che la silice doveva essere considerata come un acido minerale capace di formare, come si dice ora, dei sali neutri, acidi e basici. Predice che sarà probabile flogisticare (ridurre) la silice, come pure gli alcali e le terre (calce e magnesia). Al Hjelm scriveva: «Alle generazioni future è riservato di vedere l'acido ferrico, ma allora noi faremo già le nostre esperienze ai Campi Elisi».

Assai interessanti sono le suaccennate ricerche: Observations et remarques sur le quarz, l'argille et l'alun; egli dimostra che il quarzo è una terra diversa dall'argilla, che l'argilla non è solubile in molt'acqua come invece credeva Baumé, che l'allumina può combinarsi colla calce, che la soluzione di allume è decomposta dall'acqua di calce precipitando l'allumina gelatinosa, ecc.

BIOSSIDO DI PIOMBO. A Scheele si deve anche la scoperta del biossido di piombo (V. Memoria sul manganese, alla fine). Egli osservò benissimo che trattando il minio con acido nitrico rimane una polvere di color rosso scuro, quasi nera, che si scioglie se si aggiunge al liquido nitrico dello zucchero. «La poudre noire (scrive Scheele) mise en digestion dans l'acide vitriolique n'éprouve aucun changement; mais si l'on y ajoute un peu de sucre, elle devient blanche, et c'est du vetriol de plomb». Quanta esattezza!

ALTRE RICERCHE DI CHIMICA INORGANICA. Nel 1768 lo Scheele riconobbe che il cosidetto sale sedativo di Homberg era veramente un acido, che denominò acido borico.

Nel 1775 conosceva l'ossido di carbonio o aria carbonica infiammabile.

Nel 1770 ottenne la soda caustica trattando una soluzione concentrata di cloruro di sodio con litargirio.

Nel 1779 egli dimostrò che la piombagine o grafite non è in fondo che carbone.

Scheele fu il primo ad accorgersi che l'ammoniaca è un corpo composto e che contiene dell'aria infiammabile e dell'azoto, che vide svilupparsi quando trattava l'ammoniaca cogli ossidi metallici a caldo. Osservò che l'ammoniaca è decomposta dall'ossido d'oro, dall'ossido di mercurio e da altri ossidi (calci), e ricavò sempre da queste decomposizioni un gas flogisticato.

«In generale, tutte le volte che un gas attira il flogisto dell'ammoniaca, una delle sue parti costituenti, si ottiene sempre una specie d'aria». Priestley poi, ripetendo in vari modi queste esperienze e sottoponendo l'ammoniaca alla azione della scintilla elettrica, ottenne azoto e idrogeno.

L'arseniato di ammonio, scaldato debolmente, perde la sua trasparenza e una parte dell'alcali; a temperatura alta l'ammoniaca è in parte decomposta con formazione d'acqua, si sublima dell'arsenico e si sviluppa dell'azoto. Questa esperienza, scrive Th. Thomson, fu una di quelle che primamente condussero lo Scheele alla scoperta dei costituenti dell'ammoniaca (Système de Chimie, 1817, t. II, p. 455).

Berthollet determinò poi le proporzioni dei costituenti dell'ammoniaca (Thomson, Système de Chimie, 1817, t. I, pag. 121).

È stato Scheele il primo a dimostrare che facendo passare il gas ammonico attraverso al carbone scaldato al rosso vivo si forma dell'acido prussico; ciò fu poi confermato da Clouet.

Pure assai interessanti sono le sue ricerche sull'oro fulminante, esposte nel § LXXXII del suo Trattato dell'aria e del fuoco.

L'oro fulminante fu ottenuto da Scheele nel 1774 (Mém. Acad. de Stockholm), sciogliendo l'oro nell'acqua regia e precipitando con ammoniaca.

Egli appena scoperto l'oro fulminante ammise che si sarebbe potuto ottenere un oro fulminante anche senza ammoniaca e fece l'esperienza seguente: scaldò a bagno di sabbia della calce d'oro con della polvere di carbone e subito notò riduzione dell'oro metallico e viva combustione del carbone (in una nota di Morveau negli Opuscules chym. et phys. di Bergman , t. II, pag. 167).

Secondo alcuni, Scheele nel 1768 avrebbe ottenuto l'acido nitrosolforico (cristalli delle camere di piombo) per l'azione dell'acido nitroso (vapori) sull'acido solforico concentrato:

$$SO_4H_2 + NO_2H = H_2O + SO_2 \qquad OH$$

$$/$$

$$\backslash$$

$$NO_2$$

(Partheil, Lehrb. d. Pharm. Chem., pag. 177).

Riconobbe che il così detto sale microcosmico era un fosfato di ammonio e di sodio.

Diede un nuovo metodo per preparare il calomelano; cioè il così detto calomelano per precipitazione, che otteneva precipitando la soluzione del nitrato mercuroso con soluzione di cloruro di sodio: De novo methodo mercuriuni dolcem parandi (Nova Acta Ac. reg. Suec., 1778, t. II, pag. 80); ossia: Procédé pour obtenir le muriate mercuriale doux par la voie humide (Mém. de Scheele, t. I, pag. 221). Egli osserva che il cloruro di sodio e il cloruro di ammonio sciolgono facilmente il cloruro mercurico. È un'osservazione utilizzata ancora ora (loco cit., pag. 223).

Egli pel primo preparò il solfato ferrosoammonito, che è conosciuto impropriamente col nome di sale di Mohr.

Dimostrò come si possa separare il ferro dal manganese e descrisse il modo di separare i silicati minerali per fusione coi carbonati alcalini.

Può anche dirsi che Scheele, non sapendo nulla delle esperienze di Priestley, scoprisse anch'egli il gas ammonico e il gas acido cloridrico.

Combatté la teoria dell'acidurn pingue di Meyer (Sur l'essence infiammable contenue dans les chaux, in Cr. J.).

RICERCHE DI CHIMICA ORGANICA. SCOPRE I PRINCIPALI ACIDI VEGETALI O ACIDI DELLE PIANTE ED ALTRI ACIDI ORGANICI. Sino ai tempi di Scheele non si conoscevano che composti, ben definiti, inorganici; egli pel primo estrae dalle piante e dagli animali un numero grande di corpi nuovi con caratteri propri, delle vere specie chimiche. E li estrae con metodi così esatti e razionali, che servono comodamente ancora oggi. Ad esempio, l'acido benzoico si estrae per via umida colla calce, dal benzoino, precisamente come operava Scheele.

Al tempo in cui cominciò a lavorare lo Scheele (1768) la chimica organica era nell'infanzia. Cavendish, Black, Priestley, Bergman, Macquer, Lavoisier, che pur fecero tante scoperte importanti, non isolarono nessuno dei molti composti chimici caratteristici delle piante. Solo il Marggraf aveva trovato verso la metà del secolo XVIII lo zucchero nella barbabietola. L'alcol stesso non era ancora stato ottenuto purissimo, o meglio, assoluto.

Gli acidi acetico e formico erano ancora allo stato impuro e non ben distinti. Nessun metodo generale e razionale di estrazione si conosceva. Scheele invece portò anche in questa parte della chimica una viva luce.

Non bisogna dimenticare che sino verso il 1770 le principali operazioni di molti chimici consistevano nel distillare a secco delle parti di piante o di animali, senza ricavarne mai nessuna conclusione sicura. Scheele invece pel primo applicò razionalmente l'uso dei solventi per separare le sostanze organiche; separava, ad esempio, le sostanze solubili nell'alcol da quelle insolubili nell'alcol, ma solubili nell'acqua.

Gli acidi così detti vegetali, quali il tartarico, citrico, malico, ossalico, ecc., si estraggono ancora adesso con dei metodi che sono quelli indicati da Scheele. Per l'estrazione degli acidi organici insegnò tre metodi generali:

1) Trattamento con carbonato di calcio e quindi trasformazione in sale di calcio insolubile, che poi si decompone con acido solforico diluito (es.: acidi tartarico, citrico, ossalico, ecc.).

2) Trattamento con idrato di calcio e trasformazione in sale di calcio solubile e successiva precipitazione dell'acido mediante acido cloridrico diluito (es.: acido benzoico dal benzoino).

3) Trattamento della soluzione con acetato di piombo, trasformazione dell'acido in sale di piombo insolubile e decomposizione di questo con acido solforico diluito (es.: acido malico, ecc.).

Acidi: tartarico, citrico, malico e ossalico. I primi lavori di Scheele riguardano due acidi organici vegetali: gli acidi ossalico e tartarico.

Quando era ancora a Malmöe, intraprese delle ricerche sul sale di acetosella e nel 1768 fece presentare su questo argomento una Memoria all'Accademia delle Scienze di Stockholm, che non fu però stampata perchè Bergman dichiarò che non vi si trovava nulla di nuovo. Egli in seguito dimostrò che l'acido ossalico delle piante è identico col così detto acido saccarino che Bergman aveva ottenuto dallo zucchero coll'acido nitrico.

La sua scoperta dell'acido tartarico ebbe pressochè la stessa sorte: mandò la Memoria a Stockholm nel 1769, ma non fu pubblicata. Egli però confidò la sua scoperta a Retzius, il quale ripetè le esperienze, ottenne il nuovo acido puro e cristallizzato e nel 1770 pubblicò la Memoria: Essai sur le tartre et sur l'acide qu'il cotient; dichiarando però che Scheele, Pharmaciae studiosus, avido di apprendere ed assai abile, era riuscito ad ottenere dal tartaro delle botti un nuovo acido diverso per le sue proprietà da tutti quelli conosciuti. La sua scoperta dell'acido tartarico fu dunque pubblicata dal Retzius.

Scheele tratta il tartaro a caldo colla calce, ottiene il tartrato di calcio insolubile, che lavato e decomposto coll'acido vetriolico fornisce il nuovo acido libero.

È questo lo stesso metodo che gli servì a scoprire gli acidi citrico, malico, ecc.

Da Duhamel, da Marggraf e da Rouelle si era sospettato che il cremore tartaro contenesse un acido speciale. Però fu Scheele ad ottenerlo libero nel 1768.

Nel 1784 scopre l'acido citrico nel succo di limone e l'ottiene allo stato cristallino; tratta il succo chiarificato e bollente con carbonato di calcio (creta) sino a che non abbia più effervescenza, raccoglie il precipitato di citrato di calcio su filtro, poi lo decompone con acido solforico diluito. In fondo è questo il metodo che serve ancora oggi. In questa bella Memoria dimostra inoltre che quest'acido trovasi nel ribes e in altri frutti.

L'acido ossalico era stato segnalato nel 1773 da Savary, poi da Wiegleb nel 1779 ricavato dal sale d'acetosella, ma Scheele l'ottenne puro nel 1784 e dimostrò, come si è detto più sopra, che è identico coll'acido saccarino ottenuto nel 1776 da Bergman per l'azione dell'acido nitrico sullo zucchero di canna; egli dimostrò che neutralizzando l'acido di Bergman con la potassa si otteneva un sale come quello di acetosella.

Scheele estrasse l'acido ossalico dal sale d'acetosella precipitando questo coll'acetato di piombo e decomponendo l'ossalato di piombo colla quantità strettamente necessaria di acido solforico. Scheele notò che coll'acido solforico dall'ossalato di calcio non si può avere tutto l'acido ossalico, perchè questo ha molta affinità per la calce. Conviene meglio preparare prima il sale di piombo.

Era noto che il rabarbaro contiene una sostanza dura che scricchiola sotto i denti, come la sabbia; si diceva essere: terra del rabarbaro. Scheele, nel 1784, trova che la terra del rabarbaro non è altro che ossalato di calcio e che questo sale allo stato cristallizzato trovasi in molte altre radici o cortecce e che è diffusissimo nel regno vegetale.

A proposito dell'acido ossalico egli fece notare, come già dissi, che è meglio precipitarlo coll'acetato di piombo allo stato di ossalato di piombo, e decomporre poi questo con acido solforico diluito, perchè l'acido solforico sposta solamente in parte l'acido ossalico dall'ossalato calcare a causa della grande affinità che ha l'acido ossalico per la calce:

Ossalato di piombo + Acido solforico → Solfato di piombo + Acido ossalico.

Questo è un metodo generale di estrazione degli acidi vegetali.

Nel 1785 scopre l'acido malico in molti frutti; lo descrive come un liquido sciropposo incristallizzabile; osserva che cogli alcali dà sali deliquescenti e che il sale di calcio è cristallino e solubile nell'acqua bollente, mentre il citrato è più solubile a freddo che a caldo.

Dà una lunga lista dei frutti più ricchi in acido malico e in acido citrico. Vi sono frutti più ricchi in acido citrico che non in acido malico (Vaccinium, ecc.), altri contengono molto acido malico e poco acido citrico (Berberis, Sambucus, Sorbus); e altri che contengono pressochè egualmente l'uno e l'altro acido; tali sono: il Ribes, la Fragraria, il Rubus idaeus, ecc.

Acido benzoico o fiori di benzoino. La funzione acida dei fiori di benzoino fu ben stabilita da Scheele. Egli diede un nuovo metodo di estrazione (per via umida) di quest'acido, che consiste nel far bollire il benzoino con latte di calce e nel precipitare l'acido dal filtrato mediante l'acido muriatico. Tuttavia egli continua a chiamarlo sale di benzoino. Egli osserva che colla calce non si sciolgono le resine del benzoino. Provò ad usare la potassa, ma le resine si scioglievano. Col carbonato di calcio non ebbe buoni risultati. Dopo vari tentativi trovò che la calce idrata era la più conveniente. Una libbra di benzoino gli fornì sino a 1214 drammi di acido benzoico. Alla fine osserva che «il sale ottenuto con questo processo, non è carico di olio empireumatico, come i fiori di benzoino ordinari, e non ne ha per conseguenza l'odore. In questo modo si ha più sale di benzoino che non per distillazione».

Acido gallico e acido pirogallico. Scheele scoprì l'acido gallico nel 1785, poco prima di morire, e lo ottenne facendo fermentare l'infuso di noce di galla.

Per distillazione secca dell'acido gallico, nel 1775, egli ottenne anche l'acido pirogallico, che però confuse coll'acido gallico stesso. Gmelin e Braconnot, e meglio Pelouze (1833) poi lo distinsero dall'acido gallico.

Acido lattico. L'acido lattico fu scoperto dallo Scheele nel 1780 nel latte inacidito e la sua Memoria: Mémoire sur le lait et sur son acide, ou acide galactique (Mém., t. I, pag. 60), è un vero capolavoro.

Prima l'acidità del latte inacidito si attribuiva ad acido acetico. La Memoria in cui descrive l'estrazione e le proprietà dell'acido lattico è bellissima; pare di leggere una Memoria moderna sull'acido lattico.

Ecco in poche parole come egli opera: concentra lo siero del latte inacidito, precipita il fosfato di calcio con l'acqua di calce, poi dal filtrato toglie la calce coll'acido ossalico, filtra, concentra ed estrae l'acido lattico coll'alcol, che poi distilla per separarlo dal nuovo acido.

Acido mucico. Pure a Scheele si deve la scoperta dell'acido mucico.

Scheele studia lo zucchero del latte e dall'ossidazione di questo ottiene un nuovo acido che denomina acido dello zucchero del latte o acido saccolattico (Mémoire sur l'acide du sucre de lait ou acide sachlactique; in Mémoires, t. I, pag. 69).

Acido saccarico. Questo acido, isomero dell'acido mucico, fu pure scoperto, secondo alcuni, da Scheele, che l'avrebbe ottenuto per l'azione dell'acido nitrico sul saccarosio. Scheele invece dimostrò l'identità dell'acido dal sale d'acetosella coll'acido dello zucchero o saccarino di Bergman (Ueber die Bestantheile des Rhabarbarerde und die Art die Sauerkleesäure zu bereiten; Chem. Werke, t. II, pag. 361).

Dunque, come già dissi, è stato Scheele il primo a estrarre sistematicamente dei corpi ben definiti, degli individui chimici, dalle piante e devesi quindi considerare come il vero fondatore della moderna chimica delle piante (Pflanzenchemie).

SCOPERTA DELL'ACIDO CIANIDRICO, DEI CIANURI DI POTASSIO E DI MERCURIO E DELL'ACIDO CIANURICO. Nel 1782 e 1783 Scheele pubblicò due Memorie: Essai sur la matière colorante du bleu de Prusse e dimostrò che questa sostanza fornisce cogli acidi un prodotto volatile, sottile, a cui si deve il colore azzurro dell'azzurro di Prussia e che egli denominò materia tingens.

Scheele l'ottenne nel modo seguente: due once di azzurro di Prussia polverizzato, mescolate con un'oncia di ossido di mercurio, fece bollire con 6 oncie d'acqua, rimescolando bene, filtrò e lavò il residuo con acqua calda. La soluzione mercuriale [che ora sappiamo contenere $Hg(CN)_2$] fu versata su un'oncia e mezza di limatura di ferro, entro matraccio, e vi aggiunse 3 dramma di acido vitriolico concentrato. Agitando bene la miscela diventa tutta nera per riduzione del mercurio ed il liquido perde il sapore mercuriale, mentre assume un odore speciale proprio di quella materia colorante. Lasciato in riposo il liquido, lo decantò in una storta e ne distillò circa 1/4. Tutto l'acido prussico passa nel distillato. Scheele osservò che il distillato conteneva un poco di acido vitriolico ed allora vi aggiunse un poco di creta per neutralizzare quest'acido e distillando di nuovo ottenne una soluzione diluita di acido prussico puro.

Egli esaminò questa materia tingens e suppose prima che fosse un composto di ammoniaca e d'olio, ma essendo che la sintesi non corrispose, suppose fosse formato di ammoniaca e carbone. Egli allora scaldò in un crogiuolo del carbone con della potassa poi vi aggiunse del NH_4Cl e scaldò di nuovo sino a che non si svilupparono più vapori ammoniacali. Sciolta la massa nell'acqua, trovò che aveva tutte le proprietà del prussiato alcalino o cianuro di potassio.

Dunque Scheele

1) dimostra che $Hg(CN)_2$ ridotto dall'idrogeno dà:

$$Hg(CN)_2 + H_2 = Hg + 2HCN$$

2) che l'acido prussico si può ottenere per sintesi dall'ammoniaca col carbone:

$$C + 2HN_3 = NH_4CN + H_2.$$

A lui si deve la scoperta dei cianuri di potassio e di mercurio e dell'acido cianurico o pirourico (V. più avanti).

GLICERINA. La glicerina fu scoperta da Scheele nel 1783 e la denominò: principio dolce degli oli. Egli descrisse la nuova sostanza, che chiamava: principium dulce oleorum oppure ölsüss, in una bella Meritoria: De materia saccharina peculiari oleorum expressorum et pinguedinum (Opusc. Chem., t. II, pag. 175). È questa una scoperta di primo ordine.

«Io avevo osservato da più anni, scriveva, che facendo una soluzione di litargirio di piombo nell'olio d'olivo, si separava dall'olio un principio dolce particolare.... ecc. Lo stesso principio dolce io ho trovato negli oli di lino, di papavero, di mandorle, nel grasso di suino e nel burro».

Indica il metodo di estrazione e poi descrive la glicerina in modo magistrale. Nota fra l'altro che la glicerina pura ha reazione neutra, che distilla a temperatura alta e che sciolta in acqua, a differenza dello zucchero, non subisce la fermentazione» (Sur un principe doux volatil reconnu comme partie constituante des Huiles exprimées et des Graisses animales: Mémoires, t. I, pag. 189; e Cr. A., 1784, p. 2a; Chem. Werke, t. II, pag. 355).

ALTRE RICERCHE DI CHIMICA ORGANICA. Molte altre scoperte egli fece nel campo della chimica organica e noi ricordiamo:

Aldeide o acetale (?). Scheele aveva notato (1774) che lasciando insieme per alcuni giorni del perossido di manganese, dell'acido solforico e dell'alcol e distillando poi blandamente, l'alcol passava con un forte odore, simile a quello dell'etere nitroso (Mém. de Chim., t. I, pag. 73). Il composto notato da Scheele era l'aldeide o l'acetale, ricordato anche da GayLussac, quando discorre della combinazione dell'acido cromico coll'acido solforico e sulla conversione dell'alcol in etere con un nuovo processo (A. Ch., 1820 [2] t. XVI, pag. 105).

Alcol amilico. Allo Scheele si deve anche, la scoperta dell'alcol amilico (1785), che fu poi analizzato da Dumas nel 1834.

Acidi ausiliari nell'eterificazione. Lauraguais nel 1759 affermò che si poteva ottenere un etere per l'azione dell'alcol sull'acido acetico. Però Scheele nel 1782 non riuscì a preparare l'etere acetico col metodo di Lauraguais, ma invece l'ottenne facilmente aggiungendo alla miscela un poco d'acido solforico e ne concluse che la presenza dell'acido minerale era necessaria per produrre l'etere acetico. Schultze confermò le esperienze di Scheele. Invece dell'acido solforico egli usava anche gli acidi muriatico, o nitrico, o fluoridrico (Expériences et Observations sur l'éther; Mém. de Stockholm, 1782 e Mém. de Chim., t. II, pag. 105).

In modo analogo preparò per la prima volta l'etere benzoico (1782) per azione dell'alcol sull'acido benzoico in presenza di acido muriatico.

Egli preparò l'etere acetico anche distillando una miscela di acetato di piombo con acido muriatico e spirito di vino. Scheele ò dunque il vero scopritore dell'etere acetico.

Scheele, scrive Thenard, è stato il solo chimico sino al 1807 che si sia occupato della eterificazione degli acidi organici in presenza di acidi minerali forti. Egli notò che gli acidi acetico, benzoico, tartarico, citrico e succinico, non formano degli eteri coll'alcol puro. E dalle sue esperienze fatte, aggiungendo dell'acido solforico o dell'acido cloridrico o nitrico, ne concluse:

1) che l'acido acetico e l'alcol producono con uno dei tre acidi minerali un etere che decomponendosi facilmente colla potassa dimostra di contenere dell'acido acetico (etere acetico);

2) che l'acido benzoico e l'alcol formano coll'acido muriatico una specie d'olio più pesante dell'acqua, che decomposto colla potassa dà dell'acido benzoico (etere benzoico);

3) che non si ottiene nessun prodotto particolare trattando una soluzione alcolica di acido tartarico o citrico o succinico, sia coll'acido solforico, sia coll'acido nitrico, sia coll'acido muriatico.

Queste esperienze furono estese, confermate e completate dal Thenard in una Memoria: De l'action des acides végétaux sur l'alcol, sans l'intermède et avec l'intermède des acides minéraux (Mém. Soc. d'Arcueil, 1809, t. II, p. 1).

Il vero modo di agire degli acidi ausiliari non fu però ben spiegato che dopo le ricerche di Williamson (1851).

Per distillazione di una miscela di cloruro di sodio, biossido di manganese, alcol ed acido solforico, Scheele ottenne quell'etere che fu poi denominato etere cloridrico o cloruro di etile.

CONSERVAZIONE DELLE MATERIE ALIMENTARI. CONSERVAZIONE DELL'ACETO. Assai importante è una breve nota di Scheele sui modi di conservare l'aceto, intitolata: De aceti bonitate conservanda (Nova Acta Acad. reg. Suec., anno 1772 e Opusc. Chem., t. II, pag. 145147), ossia Remarques sur la manière de conserver le vinaigre (Mém. de Chim., t. II, pag. 137140).

Egli conserva l'aceto in quattro modi diversi, uno dei quali basato sulle allora recenti ricerche di Spallanzani, e un altro affatto nuovo e originale e che ora riceve importanti applicazioni; cioè il metodo di conservazione mediante la concentrazione col congelamento.

Ecco come egli descrive questo metodo affatto moderno:

«Le second procédé consiste à le concentrer à la gelée. On fait un trou à la croûte de glace, et on met dans des bouteilles ce qui n'a pas été gelé. Cette opération est trèssure; mais on perd au moins la moitié du vinaigre, quoique la portion qui forme la croûte de glace ne soit presque que de l'eau. Les geus économes n'en feront pas volontiers usage».

Gli altri tre metodi di conservazione consistono: 1) nel preparare l'aceto molto ricco di acido; 2) di tener l'aceto fuori del contatto dell'aria; 3) di scaldarlo in bottiglie entro l'acqua bollente, oppure di distillarlo.

Si potrebbe dire, con Schelenz, che Scheele è lo scopritore della moderna arte della sterilizzazione. Insieme però allo Spallanzani.

RICERCHE DI ZOOCHIMICA. CALCOLI URINARI. ACIDO URICO. ACIDO CIANURICO. FOSFATO DI CALCIO NELL'URINA. Scheele è stato il primo ad estrarre dei composti organici ben definiti dall'organismo animale. È vero che si conosceva l'acido formico, ma lo si confondeva coll'acido acetico. Si conosceva lo zucchero del latte, detto poi lattosio, scoperto da Bartoletti nel 1619, ma non era stato chimicamente studiato; Scheele lo studia bene, come studia in modo completo tutti i corpi che va scoprendo.

Egli nel 1776 esamina alcuni calcoli urinari e vi estrae un acido sino allora ignoto, che si denominò acido litico e in seguito si denominò acido urico. Egli notò che questo acido è solubile negli alcali e riprecipitabile dagli acidi anche deboli. Questo stesso acido trovò in piccola quantità nell'urina.

Egli osservò pure delle variazioni nell'acidità dell'urina.

Per riscaldamento dell'acido urico coll'acido nitrico notò che si ottiene un residuo colorato in porpora e la cui soluzione ha la proprietà di colorire la pelle in porpora (reazione della muresside). Ora sappiamo che questa soluzione contiene l'allossana o acido eritrico, scoperto da L. Brugnatelli e studiato da Liebig e Wöhler.

Per distillazione secca dell'acido urico ottenne del carbone, del carbonato di ammonio e un nuovo acido volatile, solubile in acqua bollente, che è l'attuale acido cianurico.

Il nome di Scheele è il primo in fronte al libro classico di Emil Fischer: Untersuchungen in der Puringruppe, 1907, pag. 3. «Leggendo la sua Memoria tanto breve quanto istruttiva, scrive Fischer, si è sorpresi nel vedere la semplicità dei mezzi che bastano a questo grande ricercatore per stabilire con esattezza le proprietà chimiche più importanti del nuovo corpo.

«Le osservazioni fatte da Scheele, tanto brevi quanto precise, indicano le metamorfosi più importanti dell'acido urico e nello stesso tempo i caratteri che ancor oggi si impiegano per riconoscerlo».

Egli dimostra inoltre che nelle urine vi è della terra animale (il nostro fosfato di calcio).

RICERCHE SUL LATTE. ACIDO LATTICO. Assai importanti sono le sue ricerche sul latte. Nella sua classica: Mémoire sur le lait et sur son acide ou acide galactique (Mém. Acad. de Stockholm, 1880 e Mém, de Chim., t. II, pag. 52) vi sono numerose e belle osservazioni sul modo di comportarsi del latte coi reattivi e sui suoi componenti.

A suoi tempi non si sapeva altro senonchè il latte contiene: burro, formaggio e zucchero di latte. Egli studia l'azione dei reattivi sul caseo, dimostra che il latte contiene fosfato di calcio, che il latte inacidito contiene un nuovo acido, che è poi l'acido lattico, ecc. (V. pag. 23).

DEL SOLFO NELLE MATERIE ALBUMINOSE. – Nella Memoria sul latte sovraricordata fa notare le analogie fra il caseo e l'albumina coagulata del bianco d'uovo, e fa vedere come sciogliendo queste sostanze negli alcali, poi riprecipitandole con un acido si abbia sviluppo di un odore interamente simile a quello dell'epar di solfo, e che annerisce l'argento e l'acetato di piombo.

Scheele (Opusc., t. II, pag. 103104) distinse due qualità di albumina: albumina animale e albumina vegetale.

Coagulazione dell'albume. Osserva che l'albume quando si coagula non diminuisce di peso. Egli inoltre osservò che il bianco d'uovo diluito con acqua e scaldato all'ebollizione non coagula, ma coagula subito se si aggiunge un poco di un acido.

Tutta questa Memoria sul latte è piena di osservazioni nuove ed esatte.

Interessano la farmacia e la medicina specialmente i suoi lavori sulla diffusione dell'ossalato di calcio in natura; il metodo di preparazione del calomelano per via umida (V. sopra); sulla preparazione della magnesia alba; sulla preparazione della polvere di Algarotto od ossicloruro di antimonio.

DISTRUZIONE DELLE MATERIE ORGANICHE COLL'ACIDO NITRICO E COL NITRO. A Scheele si deve in origine il modo di distruggere le materie organiche coll'acido nitrico o col nitrato potassico per riconoscervi le materie minerali. Ecco quanto egli scrive nella sua classica: Mémoire sur le lait et sur son acide ou acide galactique (Mémoires, t. II, pag. 55 e 56).

«Pour ce qui est des parties constituentes du fromage, elles sont, à ce que je crois, absolument inconnues, comme celles de toutes les autres matières animales gélatineuses. Il est seulement certain que la terre du fromage est la terre animale ordinaire (fosfato di calcio), et qu'elle est formée d'acide phosphorique saturé de chaux avec excès; car, au moyen de pleusieurs distillation de l'acide nitreux sur le fromage, j'ai enfin obtenu un résidu blanc, qui étoit du nitre calcaire et une terre animale: j'ai retiré la même espêce de terre du residu de la distillation du fromage, en le calcinant par le nitre dans un creuset, car il seroit très difficile de le faire passer à l'état de cendres sans le secours du nitre. Trente parties de fromage séché tiennent à peu près trois parties de terre animale».

Come si scorge, questo è in fondo il metodo usato da Rapp nel 1817 per distruggere le materie organiche in caso di veneficio.

RICERCHE DI FISICA. – È nel suo aureo libro: Trattato dell'aria e del fuoco che Scheele stabilisce le prime leggi del calorico raggiante o calorico ardente, come egli lo chiama, e tratta dell'azione della luce sui corpi.

L'espressione di calorico raggiante è di Scheele, il quale dimostrò che i raggi calorifici si riflettono come quelli della luce.

Scheele scoprì nel 1770 circa che il cloruro d'argento si colora alla luce in violetto e poi annerisce e dimostrò che i raggi violetti sono quelli che più attivamente agiscono; non solo, ma dimostrò che nell'azione della luce sul cloruro d'argento vi è una vera decomposizione con formazione d'argento ridotto, solubile nell'acido nitrico.

Nel § LXII del suo Trattato dell'aria e del fuoco egli dimostra che il cloruro d'argento annerito dalla luce, trattato con acido nitrico, ridà una soluzione di nitrato d'argento, che precipita allo stato di cloruro col cloruro di ammonio: «Dunque, egli dice, il nero che la luce dà alla luna cornea (cloruro d'argento) è dell'argento ridotto». E successivamente dimostra che nella decomposizione del cloruro d'argento alla luce in presenza di acqua si forma dell'acido muriatico.

Dimostra che la luce riduce il cloruro d'oro e che si precipita dell'oro metallico in pagliette.

NOTE BIOGRAFICHE SU SCHEELE. Le prime notizie sulla vita e le opere scientifiche di Scheele si trovano in:

1. L. von Crell, Chem. A., 1787, t. 1, pag. 175192. Questa biografia di Scheele fu poi inserita dall'Hermbstädt nella Raccolta delle opere di Scheele: Scheele's Sämmtliche Physische und Chemische Werke, Berlin 1793, in 2 volumi: vol. I, pag. XIXXXII.

Quest'opera fu ristampata in facsimile nel 1891 da Mayer e Müller (Berlino).

Poi, in ordine cronologico, le seguenti biografie o conferenze o elogi storici:

2. Vicq d'Azyr, Éloge de Scheele. Suite des éloges lus dans les séances publiques de la Société Royale de Médecine. Paris 17801798, in8°, fasc,. 6°, pag. 72 [in Hist. et Mém. de la Soc. Royale de Médecine, anni 1784 e 1785 (stampato nel 1787), pagina 89111].

Questo elogio, relativamente al tempo, è molto ben fatto.

Nel 1789 l'Accademia Reale delle Scienze di Stockholm fece coniare una medaglia in onore di Scheele. Questa medaglia è riprodotta nella figura 2.

3. C. G. Sjöstén, Åminnelsetal hållit för Kongl. Vetenskaps Academien öfver dess framledne ledamot Herr Carl Wilhelm Scheele, den 14 oct. 1799. Stockholm 1801, in8° (84 pag.).

4. M. Franzén, Minne of chemisten Carl Wilhelm Scheele; Svenska Akademiens handlingar ifrån år 1796. Stockholm 1829, in8°, D. 12, pag. 533544. Uppläst på Akademiens hogtidsdag, 1827.

5. Joh. Fredr. Sacklén, Sveriges apotekarehistoria. Nyköping 1833, in8°, pag. 253260.

6. A. E. Nordenskjöld, Carl Wilhelm Scheele. Farmaceutisk tidskrift. Stockholm, in8°, 1862, pagine 177182.

Utgifven anonymt; undertecknadX. Till större delen omtryckt i Sveriges apotekarehistoria. Ny fôljd. Utg. of A. J. Bruzelius. Stockholm 1878, in8°, pag. 464471.

7. P. A. Cap, Scheele, chimiste suédois. Étude biographique. Paris 1863, in8° (40 pag.). Estratto dal Journ. de Pharm. et de Chim., avril et mai 1863.

8. Troost, Un laboratoire de chimie au XVIII siècle. Scheele, in Revue de cours scient., 18651866, pag. 169.

È un lavoro interessante, in cui il chimico francese si dimostra imparziale. Giustamente egli dice: «Noi vedremo con quali deboli risorse, abbandonato solamente alle sue forze personali, operava l'osservatore che nel secolo XVIII ha dato il più vivo impulso alla chimica inorganica ed alla chimica organica, colui che con Priestley e Lavoisier in meno di quindici anni ha cambiato la faccia della scienza».

9. Dupont, Scheele et la Chimie au XVIII siècle. Discours prononcé le 24 nov. 1881 à la rentrée de l'École de Médecine de Tours. Tours 1881, in8° (30 pag.).

10. P. T. Clève, Carl Wilhelm Scheele. Ett minnesblad på hundrade årsdagen of hans död. Köping 1886, in8° (54 pag. con ritratto e un facsimile). È interessante.

Questa lezione o conferenza su Scheele trovasi tradotta (senza ritratto e senza facsimile) nella Revue Scientifique, 1886, t. XXXVII, pag. 699.

11. C. W. Blomstrand, Carl Wilhelm. Scheele. Minnesteckning föredragen ïnfor Kongl. VetenskapsAkademien på 100: de årsdagen af Scheeles dod, den 21 Mai 1886. Lefnadsteckningar öfver Kongl. Svenska Vetenskaps Akademiens efter år 1854 aflidna ledamöter. Stockholm 1891, in8°, t. III, pag. 138.

12. Zur Erinnerung an Scheele ein Jahrhundert nach seinem Ableben, di F. A. Flückiger in Arch. der Pharm., 1886, t. 224, pag. 369 e 417.

13. A. E. Nordenskjöld, Carl Wilhelm Scheele. Efterlemnade Bref och Anteckningar. Stockholm 1892, Norstedt e Söner. Un voi. in4° di 490 pagine. Con ritratto (statua), la casa abitata a Köping, i principali apparecchi e 4 facsimili. Questa pubblicazione contiene la bibliografia di tutti i lavori di Scheele.

Contemporaneamente si fece di quest'opera l'edizione tedesca: Nach gelassene Briefe und Aufzeichnungen. Stockholm, Norstedt e Söner.

Con questa pubblicazione: Lettere inedite e note di laboratorio, il Nordenskjöld ha reso un grande servizio alla storia della chimica, rischiarando molti punti oscuri della vita e delle opere di Scheele, rimasti sino allora oscuri. Fra gli apparecchi manca però quello col quale Scheele dimostra la composizione costante dell'aria atmosferica e che noi abbiamo riprodotto a pag. 951.

Un riassunto dell'opera di Nordenskjöld, col titolo Histoire des Sciences. Les Mémoires inédites de Scheele, trovasi nella Revue Scient., 1891, t. XLVIII, pag. 747 e col titolo: Nordenskjöld, Le Memorie di Scheele in Ann. di Chim. e di Farm. Milano 1892, serie 4a, t. XV. E anche nella Revue générale de chimie pure et appl., juin 1901, pag. 197, in un breve scritto di A. Granger: Karl Wilhelm Sheele. Ses lettres et ses notes du laboratoire.

Il Nordenskjöld ha avuto occasione di esaminare molti manoscritti inediti di Scheele, lavori e lettere che sono riprodotti nell'opera sovraricordata.

Le lettere di Scheele, lo stile delle quali ricorda quello delle Memorie pubblicate, e che trattano in modo esclusivo di questioni puramente chimiche, dimostrano che Scheele, quando era ancora allievo farmacista a Malmöe, aveva già arricchito la chimica di grandi scoperte, che, se fossero state conosciute, gli avrebbero certamente assegnato subito uno dei primi posti fra i chimici contemporanei; che una gran parte delle scoperte di Scheele furono fatte prima del 1772 e che più di un fatto importante, la cui scoperta è posta nella storia della chimica al principio del secolo XIX, fu a lui noto (Nordenskjöld).

In una Memoria particolareggiata, per esempio, dimostra, a Gahn, che si deve considerare la silice come un acido minerale, capace di formare (secondo la nomenclatura moderna) dei sali neutri, acidi e basici. Predice che deve essere possibile ridurre (flogisticare) la silice come pure gli alcali e le terre assorbenti (calce e magnesia). In una lettera a Hjelm si trova il passo seguente: alle generazioni future è riservato di vedere l'acido ferrico, ma allora noi faremo già le nostre esperienze ai Campi Elisi. Nel 1768 conosceva già i vari gradi di ossidazione (deflogisticazione) dei metalli e ne mandava ai suoi corrispondenti delle descrizioni esemplari. Descrive a Gahn la separazione del ferro dal manganese mediante l'acido acetico, in modo così chiaro e preciso, che potrebbesi, anche ai nostri giorni, inserire questa descrizione in un Trattato d'analisi, senza pur cambiare una parola (Nordenskjöld).

«Queste lettere, scrive Nordenskjöld, ci lasciano scorgere il lavorìo del pensiero in quest'uomo di genio, dalla tempra così originale, che, pel numero e per l'importanza delle sue scoperte, non ha eguali fra gli sperimentatori di ogni tempo e di ogni paese».

Le più importanti lettere pubblicate dal Nordenskjöld sono:

1) Sette lettere ad AndréJohan Retzius, datate dal 1° dicembre 1767 al 26 aprile 1768;

2) Quarantatre lettere e comunicazioni a JeanGottlieb Gahn, dal 6 agosto 1770 al 13 settembre 1779;

3) Sei lettere «ad un professore di Stockholm» (P.I. Bergius?) dal 6 settembre 1774 al 18 agosto 1775;

4) Cinquantatre lettere a Torbern Bergman, dal 12 gennaio 1776 al 30 aprile 1784;

5) Tredici lettere a P. I. Hjelm, dal 6 marzo 1775 al 16 novembre 1781.

È assai difficile leggere le lettere e le Memorie originali di Scheele, specialmente pei segni speciali con cui accenna alle sostanze. Dicesi che, bambino, avesse imparato da un farmacista amico di famiglia (Cornelius?), a scrivere i segni allora usati nella chimica, ed è questa torse la cagione per cui Scheele li usava di preferenza nelle sue lettere e nelle sue note, che riescono perciò quasi incomprensibili; ma quando si è iniziati, dice Nordenskjöld, al significato di questi segni, si riconosce che contribuiscono efficacemente alla chiarezza degli scritti.

14. I. Guareschi, Relaz. scient. fra Scheele e Lavoisier. Lettera di Scheele a Lavoisier; in Lavoisier, sua vita e sue opere. Torino 1903, p. 349 e seguenti.

Discorrono poi di Scheele più o meno ampiamente tutti gli storici della chimica, quali: H. Kopp, Geschichte d. Chemie. Braunschweig 1843, in8°, t. I, p. 255264. F. Höfer, Histoire de la Chimie. Paris 1843 (1a edizione) e Paris 1866 (2a ediz.), t. II, pag. 450472. Id., La Chimie enseignée par la biographie de ses fondateurs. Paris 1865, pag. 171196. Schelenz, Geschichte d. Pharmazie, 1904, pag. 558.

Con molta parzialità ne discorre Dumas nelle sue Leçons sur la philosophie chimique. Paris 1837, pag. 86100. Alcuni degli aneddoti raccontati da Dumas, da Cap e anche da Höfer e da altri scrittori, non sono esatti.